KB260756

이보연 수필집

못 다 갚은 딸의 빚

국립중앙도서관 출판시도서목록(CIP)

못 다 갚은 딸의 빚 : 이보연 수필집 / 지은이 : 이보연. -- 서울 : 한누리미디어,
2013
  p. ;   cm

ISBN 978-89-7969-462-8 03810 : ₩10000

한국 현대 수필[韓國現代隨筆]

814.7-KDC5
895.745-DDC21   CIP2013023361

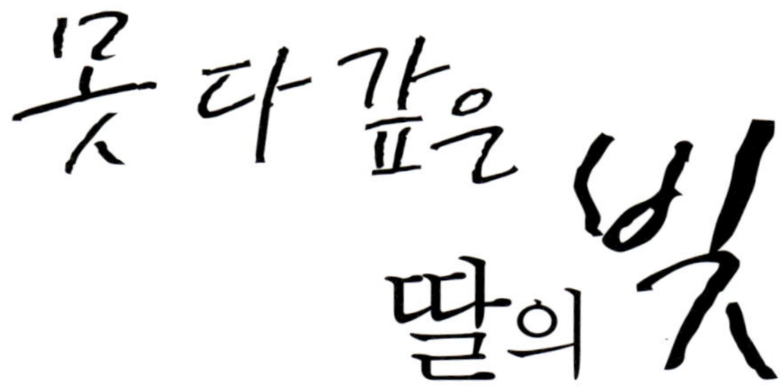

이보연 수필집

한누리미디어

만추(晚秋)의 계절이 조용히 저물어 가고 있다. 지천으로 흩어진 낙엽이 우리 자비원 앞마당에 스산하게 뒹굴고 있어 애잔한 마음이 가슴을 저며와 조용히 명상에 젖어 본다.

내 인생은 환상(幻想) 속의 삶이었다.

붙잡을 수 없고 잡히지도 않는 그 무엇을 잡으려고 몸부림치다가 끝내 실상(實相)을 찾지 못한 채 허탈감에 빠진 무기력한 삶을 살아온 것이 현실이다.

이 글을 엮기 전 십여 년 전부터 희비애락에 젖을 때마다 몇 줄씩 써서 접어두었던 것을 이제야 펼쳐 보니 글 같지도 않고 넋두리인지 하소연인지 무엇인지 모를 지경이라 그 누구 앞에도 내보일 수 없는 부끄럼 투성이다.

희락(喜樂)이 한둘이라면 비애(悲哀)가 거의 전부인 그야말로 고해 중생인의 삶이었다.

그런 연유로 해서 책으로 엮지 않기로 마음을 굳혔었는데 다시 결심을 고쳐 먹게 된 것은 언제 저승사자가 데리러 올지 모를 나이인 고희를 넘기고 나니 마음도 달라진다.

때 마침 남편이 불교 경전을 출판하게 되어 함께 더불어 출판하자는 권유에 용기를 낸 터이다. 한 편으로 『한국불교문학』 장봉호 편집위원장님께서 더더욱 힘을 실어주셨기에 이 글들이 《못 다 갚은 딸의 빚》이라는 제목을 달고 이 세상의 빛을 보게 되었다.

중증 장애인 딸로 인해 한평생 가슴앓이로 살아왔고, 현재도 항암 투병하면서 영영 눈을 감지 못하는 나는 딸의 빚을 갚지 못한 어미의 무거운 짐을 벗지 못하고 차마 떠날 수 없어 되돌아온 것이라 생각한다.

이런 아픈 고통을 감내하면서 "외로움은 혼자 있는 고통이고, 고독은 혼자 있는 즐거움"이라고 생각하며 글을 썼다.

인생살이에서 어디 완벽하게 목표를 달성하고 떠나는 이가 과연

몇이나 될까만 나의 경우에 주어진 여건은 일반 주부의 그런 삶과는 한참 거리가 먼 삶이었기에 그 징표를 남기고자 더욱 글을 쓰고 싶었다.

독자 여러분의 공감을 얻고 싶은 것도 사실이다. 삶이 무상하고 이 세상에 와서 천지(天地)와 자연(自然), 나라와 조상, 부모, 나아가만 중생(衆生)들에게 빚을 지지 않고 사는 사람은 아무도 없을 것이다.

그러기에 우리는 다 함께 상부상조(相扶相助)로 보은(報恩)하면서 환상을 접고 실상을 찾으며 살아가야 할 것이다.

이 작고 미미한 책자 속에서 몸부림치며 호소하는 바는 돋아 오르는 새싹을 가꾸어 항상 맑은 샘물이 솟아 넘치도록 헌신하며 생명의 찬가를 함께 불러 주는 것이 나에게 베풀어 주는 선물이요, 최대의 영광이라고 생각하면서 모든 이에게 깊이 감사드린다.

저자 이 보 연

대애무언(大愛無言).

이보연 작가의 수필집 발간을 축하하는 축간사를 쓰기에 앞서 먼 저 명제를 이렇게 쓴다.

지나온 삶의 궤적인 산문을 읽으며 신산(辛酸)스런 삶을 살아온 작 가를 누가 굳이 괴롭히지 않아도 혼자 충분히 괴로운 사람이었음 을 문장의 곳곳에서 엿볼 수 있었다.

터질 듯한 아픔을 신음하며 지나온 역정은 자비로운 불심이 깊이 스며들지 않고서는 결코 견디어 내기 힘든 삶의 과정이었고 여기 에 참담한 심사를 다독거려 주는 문학의 길이 있었기에 신산한 인 생역정을 감내하기가 가능하였으리라 생각된다.

문장의 곳곳에서 그가 걸어온 길을 보면 얼마나 강력한 자기 확 신을 동력으로 움직여 온 사람인지를 보여준다.

문인의 글은 외형적으로 결코 화려하지는 않아도 수채화같이 은 은한 아름다움이 내재되어 있는 것은 태생적 사랑의 심성으로 쓴 절규이기 때문이리라.

작품의 곳곳에서 불타의 자비로운 사랑을 실천해 가는 여정이 돋아나 인품과 후덕함이 쌓여서 묵향처럼 은은하여 쉽게 가라앉지 않는 여운이 남는다.

남들은 쉽게 오지랖 넓은 처신이라 할는지는 몰라도 좋은 날 오기를 기다리며 서러운 세월을 피땀 흘리며 살아온 결실이 아니겠는가?

문학 이전에 삶이 올곧았고 그로 해서 문장에서 우러나는 희생정신은 순교자적 정신이라고 본다.

삶의 진정한 주제에서 꽃핀 체험적 문장을 다루고 있어 "현명한 사람의 입은 가슴에 있다"는 솔로몬 왕의 격언이 떠오른다.

작가가 쓴 내용들은 대체로 긍정적으로 봤는지, 혹은 부정적으로 봤는지에 대한 작가 자신의 생각을 정리하면 되는 것이다.

좋은 내용의 글을 편향된 시각으로 평가절하하지 않는 자세가 기본적 문인의 자질이라고 본다. 구체적으로 우수한 글을 쓰는 능력과 주제에 대한 임상적 경험과 배경에 대한 지식을 살펴 쓰는지 여부가 공정하게 수필을 평가하는 진실성이라고 본다.

끝으로 당부드리고 싶은 말은 작가가 걸어온 지난날의 영혼의 상처는 낫는 게 아니라 떠나보내는 것이며, 그 아픔은 지워지는 게 아니라 기억하는 것임을 아시고 사랑으로 전해 오는 당신의 향기를 이 세상의 아름다움에 문학의 활동으로 보태시기 바란다.

한국불교문학 편집위원장 장 봉 호

1부 삶의 향기

2 부 아! 딸아

3부 나를 찾아서

"경" 꽃꽂이 사범 50人集에서

1부

삶의 향기

내 이름 애칭은 자비원(慈悲院)
사라진 옛 이름 속에 피어나는 추억들

사랑할 자(慈) 슬플 비(悲) 뜻이 좋아 만든 이름
지금은 미완성 자비원(慈悲院) 세세생생 함께 하리라

수많은 사연들과 떠오르는 그들의 얼굴들
꿈속에서라도 보고 싶구나.

*
*
*
꽃꽂이
예비 장애인
못 다 갚은 딸의 빚
꽃잎으로 태어나리
미완성 자비원
밤새 안녕
병상기
토굴 부처님

꽃꽂이

오래 전부터 관심은 있었지만 생활여건상 미루어만 왔다. 마침 이웃에 꽃꽂이 교실이 있다기에 가봤다. 부처님을 모시고 살기 때문에 누가 꽃을 사와도 꽃꽂이를 할 줄 몰라 화병에 몽땅 담아놓기에 부끄럽기도 하려니와 여성의 교양이라 은근히 자존심(自尊心)도 상한다.

처음엔 꽃 이름도 생소하고 가사 일만 하던 뻣뻣한 손이라 연약한 꽃을 다루기에는 무척이나 조심을 하건만 왜 그리도 잘 부러지는지 창피할 지경이다.

우리가 살고 있는 지구상에 언제부터 인간이 존재함에 따라 대자연을 이용하여 먹거리를 만들었고 풀잎으로 몸을 가리며 의식주를 해결하고 나아가 장신구까지 개발해 왔다

지금도 아프리카의 원주민들을 보면 벌거숭이 몸에다 치렁치렁

하게 장식하고 사는 것을 미루어 볼 때 고금(古今)을 통하여 공감(共感)할 수 있으며 꽃꽂이의 장식도 그 일환으로 현대 문명사회에서는 풍요롭고 정서적인 장식 수단으로 널리 보급되고 있지 않은가 생각된다.

아득한 옛날 우리 조상들도 산이나 들에 피어난 꽃을 꺾어 머리에 꽂고 허리띠에 매거나 옷에 달던 것을 항아리나 그릇에 꽂기 시작한 것이 지금의 꽃꽂이로 발전했다고 본다.

그래서 종교(宗敎)의 전파와 함께 전해진 꽃이 의식주(衣食住)가 안착된 민족이나 나라의 풍속에 따라 나름대로의 생활 속에서 일상

"경" 꽃꽂이 사범 50人集/ 이보연 作

과 점점 가까워진 것은 미를 탐구하는 인간의 본능적인 행위가 아닌가 싶다.

그래서 인간이 제일 두려워하고 존경하는 신(神)에게 꽃을 바치기 시작했고, 인간의 애경사(哀慶事)에 특히 기쁜 결혼식이나 특별한 축하연에는 아름다운 꽃들을 보내어 기쁨을 같이 나눈다.

집으로의 손님 초대가 있어도 화사한 꽃꽂이가 손님을 먼저 맞이하며 즐거움을 더해 준다. 슬플 때에도 꽃을 보내어 위로하고 아픔도 함께 나누니 꽃은 우리가 존재하는 넓은 지구상에서 말이 다르고 대화도 통하지 않지만 꽃을 보고 아름답다는 느낌은 같아 생각이 일치되니 자연 가운데 보배라고 하겠다.

꽃으로 인하여 인간의 삶이 윤택해지고 즐거움을 누리게 되는 것은 꽃을 다루는 사람의 창작에 기인하는 것이다. 꽃잎도 자세히 보면 얼굴이 있다는 것을 알게 된다.

태양을 잘 받고 자란 쪽은 색상도 선명하거니와 모양도 더 예쁘고 잎사귀와 나뭇가지 역시 튼실하고 윤기 나는 쪽이 얼굴이기에 잘 보고 꽂아야 아름답게 연출된 작품이 된다.

꽃꽂이가 꼭 필요한 때와 장소에는 부득이 꺾어서 인위적으로 아름답게 분위기 조성을 한다지만 꺾이는 꽃의 아픈 울음소리가 들려오는 듯 마음이 저리다. 자연 속에 피어 있는 그대로의 모습이 인간의 지위고하를 막론하고 보고 즐길 수 있는 존재이기에 꽃을 사랑하는 나는 뿌리째 화분에 담겨진 꽃이 오래 볼 수 있어 더 좋다.

불과 몇 달 배우지도 않았는데 초파일 행사가 다가왔다. 법당에 바칠 꽃이 걱정이다. 아침 일찍 반포 꽃시장에 갔다. 너무나 넓은 시장엘 처음 가 보니 너무나 많은 꽃을 보고 무슨 꽃을 사야 할지 어안이 벙벙하다.

여러 가지 종류의 꽃을 욕심껏 다양한 색상으로 한 아름 사가지고 와서 펼쳐놓고 수반과 침봉을 꺼내서 맨 먼저 키 큰 소재부터 꽂고 색깔을 맞춰가며 수반 하나를 한 시간 넘게 걸려 빽빽하게 채워놓고 보았다. 내가 봐도 얼굴이 돌아가고 꽃이 빠져 아니올시다라서 할 수 없이 선생님의 도움을 청했다.

선생님이 와서 보고 박장대소다.

"어쩌자고 꽃 종류는 열두 가지도 모자라서 이리도 많이 샀소? 또 색상은 무당집마냥 잡동산을 만들려고 오만 색깔을 다 샀구려! 아무튼 돈 많아 좋소!"

아니 왜 이렇게 꽃잎은 가위질로 난쟁이를 만들어 놓았냐고 빈정대더니 이런 소재로는 아무리 선생이고 명(名)작가라도 예쁜 작품은 기대하지 말라며 미리 부탁한단다.

눈물이 빠지도록 꾸짖고 혼자 궁시렁거리더니 노련한 솜씨였기에 다행히 울긋불긋 화려한 작품이 탄생했다.

그리고 워낙 손재주도 없거니와 꺾는 꽃 자체를 좋아하지 않는 나는 자연 그대로의 근본이 나의 성품인지라 기어코 화분에 심어진 화사한 봄 색깔 호접란 두 점을 사왔다.

상단 양쪽에 육법 화공양(花供養)시에 맞추어 올렸더니 부처님과 꽃들의 미소가 법당에 가득하다. 참으로 맑은 기운이 도는 봉축 성탄날이 되었다.

한(恨)

피 끓던 불꽃 정열은 휴화산(休火山)이 되었다.
터지는 화산(火山)처럼 속앓이는 재가 되고
삼사십년 쌓은 탑이 물 위에 거품이라.

흘러간 물 속에서 꿈에 본 너의 모습
오뚝이 인형(人形)처럼 웃기고 울려주던
애닯다 무너진 기대 기적(奇蹟)만을 외쳐 본다.

저승길 떠날 때는 꽃바람 구름 타고
불국정토 동행(同行)함이 어미의 기원(祈願)이라
세세생생(世世生生) 동업중생(同業衆生) 업장소멸(業障燒滅)

두 손 모아 엎드려 피눈물로 참회(懺悔)하니
시방법계 불보살(佛菩薩)님 애민섭수 하옵소서

예비 장애인

무슨 짓궂은 신(神)의 장난일까?

한 치 앞 아니 1분 1초 앞에 닥칠 일도 모르고 사는 게 인간사(人間事)라지만 밤새 잘 자고 이른 아침 대문 열고 나가다 순간적으로 미끄러져 오른쪽 손목에 골절상을 크게 입었다(2010년 11월 30일).

지난해엔 또 주방에서 평지낙상으로 발목 골절이 되어 해마다 연거푸 깁스를 하여 장애인 체험을 두세 달씩 오달지게도 겪어야 했다. 장애인 시설을 운영하는 입장에서 불편함을 체험해 봐야 장애인의 가려운 곳을 헤아릴 수 있다는 언질을 준 것으로 기꺼이 받아들여야 했다. 한쪽 손발을 못 써도 여간 불편한 것이 아니다. 원래 왼손잡이가 아니다 보니 수저질도 어려워 차라리 손으로 집어 먹어야 하는 등 왼손으로는 되는 일이 없다.

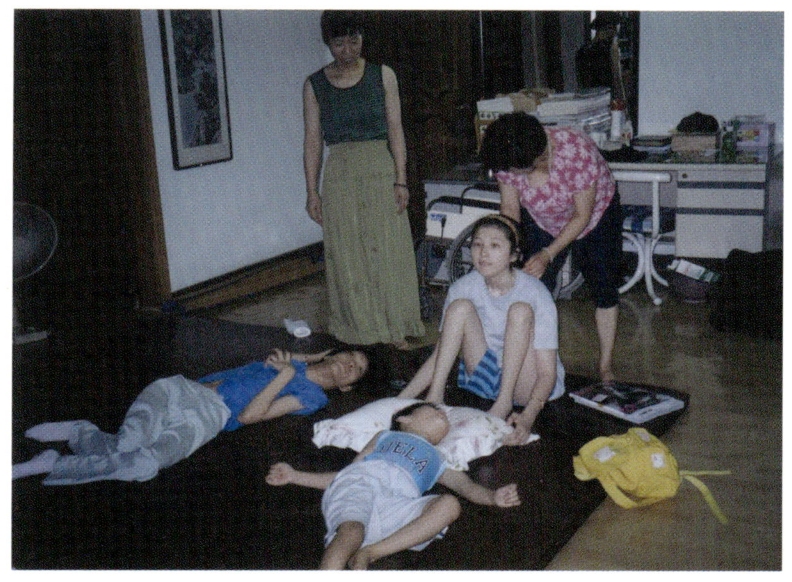

　제일 불편한 것이 매일 세수하고 머리 감는 일이다. 발목 역시 더 어려운 처지다. 손은 둘러메고 걸을 수 있지만 발목이 아파 걸을 수 없는 고통은 손 못 쓰는 고통에 비할 바가 아니다.

　장애인의 고통은 누구나 겪지 않고는 장애인을 이해할 수 없다는 걸 절감하면서 자비원에 있는 우리 식구들에 대한 깊고 깊은 참회의 기회라 생각해 본다. 온 삼동 이태 동안 김장도 못 담그고 장애인이 되어 트레이닝복 두 벌과 속옷까지 구멍이 나도록 기어다녀야 했다. 남대문 시장에서 기어다니는 아저씨의 바지 엉덩이와 무릎에 고무 타이어 조각으로 기워 입은 모습이 눈앞에 성큼 다가와 안쓰럽게 생각한 기억이 새롭다.

"경" 꽃꽂이 사범 50人集에서

　지금 우리의 현실은 어제까지 건강하고 잘 생긴 미남 미녀도 불의의 교통사고로 또는 산업현장에서 고되고 열악한 환경으로 인하여 빚어지는 비참한 상황이라든지 몸관리 잘 해 보겠다고 호화롭게 즐기는 운동 등등 여러 가지 다양한 현장에서 발생하는 중도장애자도 나날이 증가되고 있다. 이렇게 나처럼 회복될 수 있는 장애야 잠시 겪는 체험으로 장애인을 대하는 마음은 일시적 불행으로 생각할 수 있지만 영원한 장애를 입는 것은 건강하게 낳아준 부모님께 대한 불효가 아닐 수 없다.

무엇보다 내게 가슴 아픈 사연은 가족의 장애다. 가족 중 한 사람이 장애를 입고 있으면 온가족의 마음은 덩달아 장애인이 되어 버리는 것이 피할 수 없는 현실이다. 어디 나들이를 하려면 먼저 불편한 사람을 위주로 해야 하니까 그 어려움이란 이루 헤아릴 수 없는 가족들의 영원한 아픔으로 남는다.

하필이면 남편 생일을 앞두고 1개월 전부터 벼르고 별러서 단둘이 찌든 삶의 짐을 벗어버리고 홀가분하게 며칠 여행이라도 다녀올까 하고 계획만 하면, 불현듯 장애를 입고 집안에 처박혀 있을 가족이 생각나 부푼 꿈은 산산조각으로 물거품이 되어 버린다. 그래서 멀쩡한 사람도 어느날 갑자기 장애를 입게 되니 오늘의 건강을 누구도 자신할 수 없는 예비 장애인이 될 가능성이 있다고 본다.

이제부터 아무런 계획도 세우지 않고, 말도 않고 침묵 속에 어느날 갑자기 떠날까 생각도 해 봤지만 그것도 불가능한 일이니 집안 살림만 할 팔자려니 하고 사는 것이 내 삶인가 보다.

더 이상 불의의 장애를 입지 않고 살면 다행이라고 믿으며 매일 아침 일어나 오늘도 편안하고 무사한 날 되기를 발원하는 기도로써 하루를 열어간다.

나이가 들수록 장애에 대한 두려움은 깊어만 간다. 꼭 다쳐서만이 장애라기보다 질병이 깊으면 시력과 언어와 걸음까지도 노쇠현상에 떠밀려 인생의 예비 장애를 말해 주고 있지 않는가?

요즘 주위를 둘러보면 노인 장애인들이 수없이 많이 보인다. 고령화로 인하여 늘어만 가는 예비 장애인이 국가적 차원에서도 큰 문젯거리로 대두되고 있는 실정인데 피할 수 없는 산업사회의 한 단면이라 여겨진다. 누구나 몸 관리에 신경 써서 건강한 것이 가족을 위하고 사회와 국가에 이바지하여 빚지지 않고 사는 것이 예비 장애를 벗어나는 행복한 삶이라 하겠다.

편백 휴양림

창공을 찌를 듯한 편백나무 숲 속
이름 모를 뭇새들과 풀벌레 지저귐이
겹겹이 찌든 때가 편백향에 물든다

뭉게구름 선녀들은 편백 숲을 헤엄치며
산 냄새에 취해 잠든 몸 운무로 감싸주니
온산을 가득 메운 폭포의 메아리 백팔번뇌 사라지고

헝클어진 실타래를 가지마다 걸어놓고
다시 올 기약 없이
한숨만 토해놓고 편백향 가득 담아
돌아서는 무거운 발걸음

못 다 갚은 딸의 빚

삼사 십을 넘은 만혼에 오색 무지개 꿈을 수놓던 어느 날 밤, 영문도 모를 태몽인지 악몽인지 뱀 한 마리가 옷깃에 매달리는 꿈을 꾸었다.

잠결에 혼비백산 놀라 깨어 보니 물에 빠진 듯 온몸이 땀에 젖어 있었다.

꿈을 잊어버리고 하루 이틀 날이 가고 달이 지나 입덧도 모르게 배가 불러 오더니 산달이 차기도 전에 팔삭둥이 딸애가 태어났다.

우리 부부는 첫 아들에 이어 연년생으로 딸아이를 맞이함이 신의 축복이라며 남매 출산의 기쁨은 온 세상을 얻은 듯 행복으로 충만했다.

그러나 미숙아로 태어난 딸은 황달이 너무 심해 다시 보육기(인큐베이터)에서 55일간 자랐다. 그 후 100일이 되고 6개월이 되기까

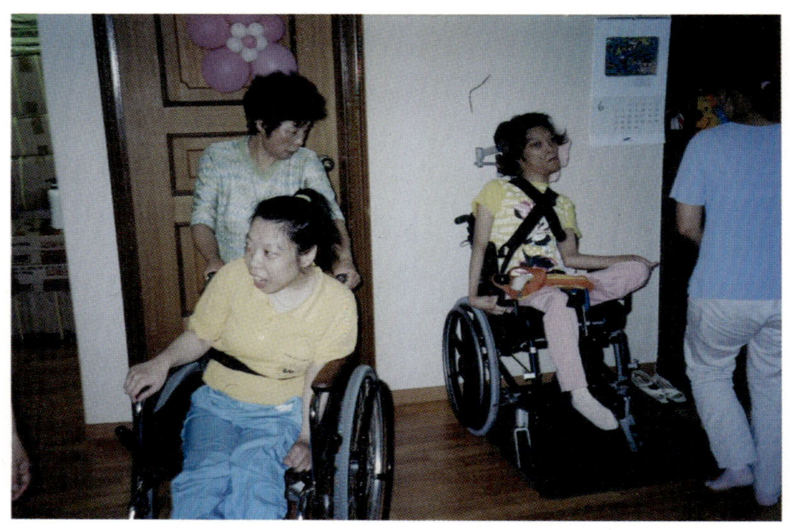

지 목도 제대로 가누지 못한 채 눈동자도 예사롭지 않았다. 그래도 신생아로서 기본적인 예방접종은 다 챙겨 주었다.

그런데 첫 아이 키울 때와는 달리 발육 상태가 정상이 아님을 의심하여 서울 전역의 대학병원과 한방병원 침술원 등 안 다닌 곳 없이 다 가봤지만 뇌성마비란 청천벽력 같은 진단이 나왔다.

하루에도 두세 곳씩 동동걸음으로 헤매고 다녔으나 마지막으로 아이의 장기적인 치료와 보육까지 맡겨야 할 삼육재활센터를 찾아 그 곳 가까운 곳으로 이사를 했다.

그때가 생후 13개월째인데 물리치료와 작업치료, 언어치료 등 하루 종일 재활원에서 살아야 했다.

온종일 천태만상의 장애 아이들을 보고 있노라면 머리가 터질 듯 아파왔고, 지친 몸으로 집에 돌아오면 큰 아이 한 번 안아볼 겨를도 없이 쓰러져 버린다.

재활원에서 일주일에 두세 번 받는 치료만으로는 병세의 진전이 없어 성급한 마음을 채우지 못해 집으로 방문치료사를 청했다. 방문치료사의 보이타 치료를 3년이나 했지만 호전반응은 없고 남편 월급의 반 이상이 딸의 약값과 치료비에 지출이 되어 생활에 감당이 안 되었다. 이렇게 물심양면 정신없이 사는 중에도 아이의 취학 통지서를 받았다. 죽기 살기로 치료에만 열중해 왔는데 오늘 따라 겪는 절망감이 큰 애기만 아니면 죽고만 싶은 충동을 누를 길이 없다.

삼육재활학교와 상담을 했다. 장애아동 특수학교이지만 우리 아이처럼 중증 복합 장애자는 교육이 불가능하다는 결론이다. 앉지도 못하고 누워만 있지만 자리를 깔고 누워서라도 한글 터득을 시켜 문맹자만은 면해야 되겠기에 또 다시 애원했다.

드디어 한 달 뒤늦게 입학은 했지만 적응에 너무나 힘들어 했다. 공부할 수 있는 휠체어를 일산 홀트아동복지를 통해 미국에서 직접 조립 수입한 터라 한 시간은커녕 10분만 타고 있어도 온몸이 물에서 건져낸 듯 땀 투성이라서 여유 옷 두벌도 모자라 헤어드라이기로 화장실에 가서 말리곤 한다.

그렇게 힘든 수업과 치료에 지쳐도 학교에 가면 친구들 만나는 것을 즐거워하고 공부가 재미있다면서 어느새 한글 터득이 되어 길가의 간판과 표지판 읽는걸 보면 대견스럽고 용기가 난다.

초등학교 수학여행은 제주도로 떠났는데 난생 처음 타보는 비행 여행이며, 현지의 생소한 관광이야말로 어찌 다 표현하리. 그뿐만 아니라 중 2학년 때 일본 도야마 현 장애우학교와 자매결연 방문 초청으로 학생 자모 선생님 등 모두 열대여섯 명이 부푼 꿈을 안고 들뜬 기분으로 해외 견학길에 올랐다.

공항에 도착하니 교장선생님 이하 여러 선생님 그리고 장애 학생 들과 자모들이 환영피켓과 현수막을 높이 펴 들고 그칠 줄 모르는 박수로 환영하는데 그런 일본인들의 예절바른 모습에 감탄을 자아 냈다.

쌍방의 인사소개가 끝나고 서로의 언어는 통하지 않지만 철부지 아이들보다 자모들의 눈빛과 손발 몸짓으로 공감대를 이루어 갑갑 한 가슴의 문을 열었다.

여기 저기서 말이 통하지 않아 웅성거릴 때는 교장선생님과 나는 짧은 일본어 실력을 발휘하느라 비지땀을 흘리곤 했다. 서로가 감 정 표현이 충분치 못할 때는 고개만 끄덕이고 얇은 미소로 화답한 다. 그곳의 학생들은 졸업 후, 또한 부모 사후에도 생활보장이 된다 는 점이 부러울 따름이다.

역시 사회복지가 우리나라보다 앞서간다는 사실을 증명해 주는 것이 그들의 작업장 시설이다. 작업장을 둘러보았다. 기계시스템 이 너무나 완벽하여 손발이 부자유스러워도 능히 해결될 수 있는 작업은 세탁물이다.

　병원이나 호텔 식당 등 업소의 일감이 장애인 부모들의 단체에서 키워온 것이 오늘날의 열매란다. 듣고 보니 우리들의 거울이라 본받아야겠다는 생각이 든다.

　이번 견학은 그저 관광이 아닌 배워가는 것이 우리들의 목표임을 명심하고 장애 자녀들의 장래를 위해 부모들의 결심을 다짐할 때가 바로 이 기회라 생각이 된다.

　어언 12년이란 세월도 흘러 딸의 전생 빚을 갚으려고 보호시설 자비원도 만들어 봤고 내가 떠난 후에라도 살 수 있는 길을 열어놓고자 자나 깨나 궁리를 하지만 아직까지 미궁에 빠져 헤매고 있으니 못 다 갚은 딸의 빚은 영영 부도만 내고 말 것인가?

　사랑하는 딸아이야, 죄 많은 부모 만나 이승에서의 고난을 그래도 감내하고 먼 훗날 맑고 괴로움 없는 저 극락세계에 가거들랑 부처님의 자비 속에서 웃음 지으며 살아가다오. 너를 위한 엄마의 기도는 평생의 업이 되어 결코 끝나지 않으려니 이 엄마를 부디 용서해 다오.

꽃잎으로 태어나리

대문 앞 울타리에 샛노란 개나리와 연분홍 진달래가 만발했다. 지난 겨울 혹독한 추위에다 죽었으려니 했던 마른 나뭇가지에 줄줄이 탐스럽게 피어나 골목 안 동네를 봄 냄새로 물들인다. 앞동산 소나무와 잣나무도 싱싱하게 짙푸름을 더하고 벚꽃과 상수리 자작나무들까지 잎을 피우기 바쁜데 성급한 산책객들은 봄맞이를 나선다.

산천초목은 계절의 변화에 순응하여 혹독한 겨울철에 모든 걸 내려 놓았다가도 이듬해 봄이면 다시 꽃잎을 피우며 사계절 따라 옷 갈아입고 저마다의 향기와 황홀한 색채로 장식해 주니 화장세계가 아닌가 싶다. 수많은 꽃들은 색상과 모양의 크고 작음은 물론 일찍 피고 지는데 시기와 질투도 없이 세상을 아름답게 수놓아주니 만물 중에서도 가장 사랑 받는 으뜸 존재가 아닌가 한다.

사람은 명예와 권력과 빈부의 차이 등 이루 헤아릴 수 없는 생존 경쟁 속에서의 삶이 인생이지만 꽃잎이 피고 지고 열매 맺는 무한한 자연의 섭리는 참으로 부러울 뿐이다.

숨 쉬고 움직이는 동물들과 미물까지도 약자는 강자의 먹이가 되는 것이 생태계의 참모습이지만 상록수와 다양한 꽃들의 세계는 신선하고 평화롭게 공존하고 있기에 나는 아귀다툼에 영일이 없는 인간세상 존재를 저주하며 다음 생에는 천상과 지상 그 어느 세계에서라도 기어코 꽃잎으로 태어나길 진심 어린 기원을 한다.

사람으로 태어나 이 나이 되도록 자연을 위해서나 사람을 위해서 또한 그 무엇을 위해 복 지은 것이 없다.

불교에서 행하는 108배 참회문처럼 자연에게 죄만 짓고 우주만물에 빚만 지고 살다 가는 인생 부끄럽기 그지 없어 다음 생애엔 꽃잎으로 되어 맛있는 열매도 맺어 보시하고 크나큰 나무 되어 시원한 그늘도 만들어 주고 싶은 소박하지만 간결한 소망이다.

지나간 여름 전남 화순에 있는 어느 편백 휴양림 품에 안기어 더위를 식히며 영혼과 몸을 맡겨 한때의 망중한을 즐겼다.

하늘을 찌를 듯한 터널 속 숲속에 누워 불어오는 솔바람 향기에 취해 나도 함께 편백목과 하나가 되고 나무 사이 사이로 뭉게구름이 흘러가는 하늘을 올려다보니 도심에서 지치고 쌓였던 백팔번뇌 망상이 다 사라지는 상쾌함이 스며든다.

떠나기가 아쉬워 이대로 산에서 뭇새들의 노래 소리 들으며 영영

"경" 꽃꽂이 사범 50人集에서

눈 감고 이 산속에 묻히면 이보다 더한 행복이 어디 있으랴 싶다.

그 누가 심지도 않은 자생야생화는 열대여섯 살 소녀 같은 수줍은 미소마냥 바라만 봐도 고개를 숙인 듯 애처롭게 피어 있는 자태는 혼자 보고 떠나는 가슴에 미련만 남는다.

이 다음에는 친구들과 함께 다시 한 번 올 것을 이 산속 나무 친구들과 약속하면서 편백목 사이로 지는 해를 아쉬운 듯 바라보며 차에 올랐다. 하룻밤이라도 산 공기 마시며 쉬어 가면 좋으련만 자유롭지 못한 시간에 얽매인 삶이 무엇인지?

요즘 시쳇말로 70~80 세대임에도 불구하고 시간에 얽매어 사노라니 한심스럽기 짝이 없다. 그저 이런 기분에 사로잡혀 남편과 단둘이 오면서 말 한 마디 하지 않고 묻는 말에 대답도 메다붙이는 통명함은 어쩔 수 없는 심사였다.

부부는 실과 바늘이라지만 때로는 제 각각 있을 자리에 그냥 내버려 두는 것 도 좋지 않을까 싶다. 언젠가 암환자는 편백휴양림이 좋다면서 요양하러 간다니까 쌍수를 들고 환영한다더니 발등에 불이 떨어지니까 '언제 그런 말했다더냐' 식으로 태연한 얼굴을 바라보면 웃어야 할까, 꼬집어야 옳을까, 내 자신에게 물어보아도 확신이 서지 않는다.

언제 해외여행 갈 수 있냐고 조르기만 하더니 국내에 하루 이틀도 시간내어 주유하지도 못하면서 보채기는 어린애처럼 하면서 나의 건강 걱정만 지청구하더니 오늘의 기분도 몰라주는 상대가 야속했다. 현재의 건강상태는 이왕 온 김에 며칠 쉬었다 가면 보약 먹는 이상으로 좋을 것 같건만.

자기야 건강하니까 해외여행 여기 저기 다니고 많은 볼거리를 즐기지만 나는 산속에서 흙과 풀냄새와 더불어 꽃잎 친구 되어 다음 생을 준비하며 놀고 싶은 마음이라 푸른 하늘을 바라보며 오늘 일을 생각해 본다.

미완성 자비원

어느새 30여 년 전 이야기가 되었다.

생후 13개월 된 딸아이가 뇌성마비란 진단을 받으면서 하늘이 무너지고 땅이 꺼져 내린 듯 하루도 눈물 없이 보낸 날이 없다. 성급한 마음에 하루에도 유명한 병원과 한의원 지압원 침술원 등 안 가본 곳 없이 헤매며 물리치료 작업치료 언어치료 등 정신없이 살았다. 하지만 현대의학으로는 동서고금을 통해 완치한 예가 없다고 하니 고도로 발달한 의술과 과학이 언제쯤이나 해결할 수 있을까?

장애인 자식을 둔 부모들이 행여나 하는 갈망은 날마다 속이 타들어간다. 그래도 휠체어에 의지하고 눈비 올 때는 등에 업고 십이삼 년이 지나 고등학교를 마쳤다.

아이들은 학교 다닐 때가 행복했다며 친구들과 서로의 눈물로 하소연을 늘어놓고 보고 싶다는 통화 내용을 듣고 있는 어미의 가슴은 숯검댕이가 된다.

생각다 못해 저희들끼리 단체생활하는 시설에라도 보내고 싶어서 백방으로 알아봤지만 수급자가 아니고 나이가 많아 신변처리가 안 되니 갈 곳이 없단다. 고민 고민하던 중 우리 세 식구가 몸담고 사는 보금자리를 아이들에게 내놓아 그룹홈으로 만들어주면 삼육재활원이 가까우니 치료도 다닐 겸 정든 저의 모교 선생님 얼굴도 보게 되면 활력소가 되겠지? 싶어 옛 속담에 목 마른 사람이 샘 판다는 말이 내 경우이려니 하고 도전을 시도해 봄이 내가 할 일이 아닐까 용기를 내본다. 영리목적이 아닌 같은 배를 타고 가는 엄마들이 서로 서로 도와가며 아이들의 놀이공간을 만들자는 의사를 함께 하여 장애인 단기보호시설로 구청에 신고하고 자비원이란 간판을 대문 위에 높이 달았다.

경제적이나 환경적 문화시설 등 순식간에 바꿀 수도 없었지만 당장 실내문턱을 없애고 휠체어가 오르내리는 리프트를 만들고 보니 제법 장애인 생활공간답다.

처음엔 딸 친구들이 하나둘 와서 조잘대며 밤낮 웃음소리가 담 너머까지 새어나가면 동네에서 쫓겨난다고 짐짓 으름장까지 해 보지만 천진난만한 그들의 소근소근거림에 내 웃음이 터진다.

날이 갈수록 입소문이 번져 남녀노소 없이 문의 전화가 오지만 좁은 공간에 많은 인원의 수용이 어려워 여성전용 공간으로 확정

짓고 서너 명씩 교대로 드나들었다.

　그러나 치매와 자폐 여성은 도우미의 감당이 견딜 수 없다. 할 수 없이 퇴소키로 하고 잠시나마 정든 작별의 모습은 서로의 눈물을 찍어내며 "잘 가세요. 잘 있어요"다. 그들보다 보내는 입장의 죄스러움과 서글픔은 인연소치라 단정하더라도 허허로운 마음 가눌 길이 없었다. 수없이 많은 사연들 중 제일 큰 상처는 딸애 동창 선이의 영원한 이별이다.

　그해 초겨울 선이는 감기처럼 시작된 기침이 급성 폐렴으로 돌변하여 하늘나라 선녀가 되고 말았다. 크리스마스 때 준 방한복 선물을 마지막으로 고맙다는 표정과 모기소리 같은 가냘픈 목소리와

"경" 꽃꽂이 사범 50人集에서

그의 환상은 아직도 눈앞에 아른거린다.

이렇게 아이들과 함께 울고 웃던 세월이 10여 년이 훨씬 지나고 2009년도엔 나의 발목 골절상에다 2010년에는 또 손목 골절로 함께 장애인이 되기도 하여 어려움을 통감하며 참회의 눈물을 흘리기도 했다. 그뿐이랴. 2011년엔 대장암 4기라는 진단을 받고 삶을 포기했지만 가족들에 이끌려 수술을 받았다.

그 후 반년 넘게 항암주사 치료를 겸한 투병에 생명줄 끊어지지 않음이 오히려 원망스러울 지경이다. 도저히 건강이 받쳐주지 않음을 한탄해야 할 때가 도래하고 말았다. 이제는 자비원 명패도 내려놓고 구청 사회복지과에 폐쇄 신고도 했다.

자비원 명패가 사라지던 날, 오대산 무너지는 그 아픔과 함께 내 이름도 지워져 버렸다.

내 이름 애칭은 자비원(慈悲院)
사라진 옛 이름 속에 피어나는 추억들

사랑할 자(慈) 슬플 비(悲) 뜻이 좋아 만든 이름
지금은 미완성 자비원(慈悲院) 세세생생 함께 하리라

수많은 사연들과 떠오르는 그들의 얼굴들
꿈속에서라도 보고 싶구나.

지금도 문의 전화가 걸려오면 떨리는 가슴에 말문이 막힌다.

흘러간 세월 속에 천사들과 함께 한 희로애락 사연들은 미완성 자비원 그림으로만 남겨놓고 꿈에 부푼 지난날의 오대산은 휴화산이 되었으니 세상만사가 망상이었구나. 이 순간부터라도(이뭐꼬) 찾는 삶이 참 삶이 아닐까?

밤새 안녕

어둠이 채 걷히기도 전에 요란한 전화 벨소리에 수화기를 들었다.

웬 통곡 소리에, "누구세요. 누구세요" 다그쳐 묻자, 울음 섞인 목멘 소리는 부산 친구 반야심 딸이다.

"왜 그래 왜? 무슨 일인데?"

"엄마가 엄마가요. 밤새 돌아가셨어요."

119로 병원에 갔더니 한 시간 전에 심장마비로 사망했다는 진단이란다.

불과 만 하루 전에 통화를 했건만 하필이면 불교에서 제일 바쁜 사월 초이레, 내일의 부처님 오신 날 행사를 앞에 두고 운명을 달리했으니 시달림 봐 줄 스님인들 찾을 수가 있어야지. 딸의 애타는 부탁이건만 초파일 지나야 누구든지 갈 수 있을 테니 염불 테이프라도 틀어 엄마에게 들려주라고 일렀다.

서울 아들이 초파일 지나고 어버이날 오란다고 좋아서 나에게 미리 연락한다는 말의 여운이 사라지기도 전에 황천객이 되었단 말인가?

그 날 따라 전화상 넋두리가 횡설수설했던 것 같다.

했던 말 또 하고 또 하면서 "우리 이젠 얼마 남지 않았데이. 바쁘다 바빠. 나는 요즘 금강경과 무상계 법성계 사경이 끝나고 능엄다라니 사경중"이란다.

그러면서 나에게 마치 충고라기보다 아이들에게 타이르는 식의 말투로 많은 경전 사경을 해야 업장 소멸된다는 간곡한 부탁이었다.

떠난 뒤 곰곰이 생각해 보니 자기의 자성불이 시켜서 준비했던 게 아닌가 싶다.

금년 들어 자기 소유로 된 부동산도 아들 딸에게 분배해 준 사실과 평소에 늘 자기의 소원은 곱게 자는 잠에 가기를 기원한다더니 꼭 그렇게 마감할 줄이야.

우리 둘 사이는 죽마고우로 불문에 입교도 함께 문경 운달산 김용사였다. 대성암 비구니 노스님께서 유발상좌로 정해 주셔서 항상 절에도 같이 붙어만 다녔지 이담에 입산출가도 한 날 한 시에 같이 하자고 굳은 약속을 했건만 결혼 부도는 자기가 먼저 펑크를 내고 말았다.

결혼 후 반야심은 부산에 살고 나는 서울에 와 공부도 하며 직장 생활로 만날 기회도 없었지만 헤어진 지 10년 후 나도 결혼하고 내 남편의 활동무대가 부산인지라 반야심을 다시 만난 즐거움은 처녀 시절로 돌아가 옛날 얘기에 하얗게 밤을 지새워도 모자라 떨어짐을 아쉬워 하며 항상 전화로 옆에 두고 있는 듯 지내던 중 청천벼락이 웬말인가?

죽음이란 순서가 없다는 사실을 비로소 통감한다.

이 나라 대통령 또는 유명한 인기 연예인들이며 천안함 사태, 교통사고, 공군들의 참사, 예측 못한 비극은 금년 들어 눈만 뜨면 보도되는 사건들은 밤새 안녕을 말해 주고 있다.

반야심 아들로부터 전화가 왔다. 어머니 1주기 제사를 어떻게 모셔야 할까 걱정이라기에 너의 자취방에서라도 모시든지 절에 가서 모시든 성의껏 하라고 했더니 살아생전 효도 못한 아픔이 너무 괴로워 자취방에서나마 자기 성의껏 모시겠다는 말에, "나도 함께 하마 그래 삼색 나물과 전 지짐은 내가 만들어 갈 테니 준비하지 말라"고 했다.

일찍 부친 제사 모셔본 경험으로 제법 정갈하게 잘 차려 놓았다.

부산에서 딸이랑 서울 사는 남동생도 와 있다. 먼저 자녀들이 잔을 올리고 이어서 동생과 내가 잔을 올리는데 어찌나 손이 떨리고 복받치는지 가슴을 가눌 길 없다.

겨우 절 두 번 하고 조문 몇 줄 적어간 글을 읽어 내리는데 쏟아지는 눈물과 목멤에 차마 끝맺지 못하고 부엌으로 나왔다. 딸은 내 손을 잡고 마냥 흐느끼며 그칠 줄 몰라 내가 되려 미안하다.

너희들 앞에 눈물을 보여서 더더욱 마음을 아프게 했구나. 이왕 떠난 거 만약 쓰러져 혼수상태로 오랫동안 투병하는 것보다 너희들 편하라고…….

엄마의 소원성취 극락정토 왕생했으니 맘 아파하지 말고 내년에는 훈이도 결혼해서 부부가 차린 음식을 엄마가 운감하게 해 드려야 엄마 생전에 오매불망 아들 장가 못간 한을 보은하는 효도라 생각한다.

　엄마는 지금 저승에서도 너의 짝을 찾고 계시리라 믿는다.

　　영정 앞에 앉았건만 할 말을 잃었다.
　　나물만 좋아해서 중 팔자라 했잖아.
　　반야심 좋아하는 오색 나물 오색 전 지짐이
　　내 손수 조물조물 혼을 담아 바치네

　　오늘 밤 꿈에라도 얼굴 한 번 보자꾸나
　　한 마디 말도 없이 떠난 사연이
　　무엇이 바빴던가 듣고 싶구나
　　언제부터 준비된 작별이었나

　　몸 바꿔 갈고 닦아 금생에 못 이룬 한
　　높은 산 깊은 계곡 불도량 이룩하여
　　옛 도반 함께 모여 열심히 정진하고
　　선지식 모서 놓고 다 함께 성불하세.

병상기

완전히 비우고 내려놓았다, 라는 마음 상태는 바로 이 순간이다. 수술대에 실려 끌려들어가 막상 마취 준비를 하기 전에도 불안하거나 초조함도 아무런 생각 없이 멍하기만 하고 담담하니 이리도 편할 줄이야….

대장암 4기 초…. 칠십까지 살았다는 만족감에서인지 아니면 삶에 대한 희망의 끈을 포기해서일까? 편안한 기분으로 수술에 임했다. 누군가가 신발 신고 삶의 종지부를 찍는 것이 가장 행복한 주검이라고 하듯이 막상 당하고 보니 수술대에서 마취상태로 고통 모르고 가는 주검이 환자로선 더 없는 복이라 생각되었다.

하지만 짧은 순간 잠들 겨를도 없이 수술이 끝나자 바로 회복실도 아닌 입원실 침상에 옮기자마자 눈을 떴고 묻는 말대답을 또박또박 잘도 하니 침통한 분위기를 지켜보던 가족 중 아들 녀석 하는 말 "엄마 수술한 거요, 만 거요?" 라며 농담을 하며 가족들은 환한 미소로 나를 내려다본다.

다행히 수술은 성공적으로 잘 되었으나 담당 의사 선생님 말씀은 종양의 크기가 의사 주먹 크기보다 큰 데 비해 전이가 안 되어 희귀한 상황이라서 제거한 부분을 병원에서 10년간 보유하며 연구해 볼 대상이 되니 의학 실험용으로 기증한다는 서류에 사인을 하란다. 수술 후 그 이튿날 아침부터 간병인 손이 필요치 않을 정도로 회복되어 5일 만에 퇴원했다.

암 덩어리 제거 후 복대를 한 상태는 마치 날 것만 같이 홀가분하여 무슨 일이라도 다 할 수 있을 것 같다. 한 달 후 항암치료가 시작되었다. 보름마다 2박 3일 입원하여 항암치료를 하는데 빨리 끝나야 6개월 걸린다고 했다. 1, 2차 항암주사는 뭐가 뭔지 모르게 거뜬히 치렀지만, 3차 4차 때는 입안이 다 헐고 머리카락이 듬성듬성 빠지기 시작하더니 마치 멍멍이 털갈이하는 꼴이 되고 말았다.

온 집안이 머리카락 투성이다. 나는 시도 때도 없이 손에는 찍찍이 테이프를 들고 있어야만 했다. 머리를 차라리 밀어버릴까 말까? 몇며칠 두고두고 생각다 못해 삭발을 하고 나니 맑은 정신이 나고 개운하긴 하나 어딘가 맘 한구석엔 그 야릇한 까닭 모를 서글픔이 엄습해 온다. 나이나 젊다면 차라리 비구니나 되고 싶은 충동도 불현듯 일어남은 그 무슨 망상일까?

오랜만에 목욕탕에 갔더니 웬 젊은 여인이 나를 보고 스님이라고 일컫는다. 그 후 난 새벽 5시에 목욕하러 갔고 모자 쓰고 나다니기도 쑥스러워 잘 나가지 않게 되니 항암치료만 아니면 모발이 완전히 길어질 때까지 공기 좋은 산속 절에 휴양이라도 가고 싶지만 한 달에 두 번 병원 치료며 산사의 음식으로 고단백 섭취가 안 되면 치료가 불가능이라 이럴 수도 저럴 수도 없이 짜증만 쌓인다. 그래서 이런 고통일 바에야 수술대에서 잠들었을 때 금생 인연 다 함이 최상이라고 생각도 해 본다.

수술은 아무것도 아니다. 항암치료가 큰 문제다. 암 환자가 죽고 사는 것이 치료에 좌우됨을 비로소 깨달았다. 이왕 목숨은 붙었으니 치료가 되려면 잘 먹어야 하는데 극심한 구내염과 구토증 때문에 받아들이지 않아 영양 결핍으로 백혈구와 간수치가 너무 떨어져 5차 항암주사는 맞지 못하고 기진맥진 허탈감에 쌓여 헛걸음으로 돌아오고 말았다.

지금부터 골고루 잘 먹고 항암 치료 빨리 끝내는 것이 살아나는 길임을 확신하고 밤이면 보라매 운동장에 나가 산책도 하고 새벽 예불은 빠짐없이 절 기도를 운동 삼아 챙기기로 다짐한다. 새벽 5시부터 염불과 다라니 주력, 108 참회기도 등 두어 시간 동안은 부처님 촉광 받으며 그윽한 향냄새에 취해 버려 삼매 경지에 단잠 속으로 빠지기도 한다.

불교설화에 어떤 스님은 격 높은 공부는 몰라도 조석 예불만은 철저했던 스님이 죽을병에 신음하며 혼비백산 저승사자에게 끌려

가던 중 은은히 들려오는 저녁 예불 종소리에 '아차 예불 시간이구나' 하고 정신을 차려 저승사자에게서 풀려나 다시 살아났다는 설화가 기억에 새롭다.

6차 항암 치료는 마침 음력설이 되어 주삿바늘을 꽂고 집에 와서 2박 3일 동안 조상님 덕에 가지가지 음식을 잘 먹고 나니 꾀가 생겼다. 다음 나머지 여섯 차례 치료는 주사만 꽂고 집에 와서 주사약 다 들어갈 때쯤 집에서 출발해도 병원에 도착하면 적당한 때에 알맞게 바늘을 뽑고 돌아오는 기분 또한 새로운 방법이라 환자에게 더없는 기쁨이다.

세상 참 편리해 좋다. 옛날 같았으면 꼬박 입원하지 않고 어찌 집에서 주사약 주머니를 허리띠에 차고 설거지랑 청소도 하고 시장 갔다가 외식도 하는 즐거움을 맛볼 수 있으랴? 암환자로서 이리도 편리한 치료법도 생겼으니 이전에 죽은 사람이 가엾기도 하다.

이렇게 열두 차례 항암 주사 치료는 7개월 동안 걸려 끝났다.

이제부터 구내염만 완치되면 음식 맘대로 먹고 체중만 올리면 앞동산도 오르고 문화센터에 나가 취미활동도 하며 지금까지 못 다 한 여한을 풀며 살리라. 다행히 오랜 치료 기간에 우리 불교대학에서 능가경 강의가 있어 나에게 큰 힘을 실어주었다.

현실의 고통은 전생의 업이며 내생 역시 현실의 연속이라니 연기법을 진실로 받아들여 닦지 않고 벗어날 길이 있을손가?

현재 병마와의 투쟁이 업장소멸 못하고 죽음에 이르면 이를 분단

"경" 꽃꽂이 사범 50人集에서

사라 하고 피나는 노력과 정진 수행으로 불가사의한 경계에 도달한 새로운 삶을 부사의 변역사(아라한경지)라 하며 더 나아가 생사가 둘이 아님을 깨달을 때 부처님의 진리 열반사라 한다.

불교의 4난득(인생, 불법, 장부, 출가) 중 다행히 여자이지만 불법 인연을 보배 삼아 소중히 간직하며 육바라밀 선행 닦아 불국정토에 가서 나길 발원하며 짧은 여생 아침에 떠오르는 태양처럼, 저녁 노을처럼 아름답게 살다 가리.

토굴 부처님

찌는 삼복더위도 꼬리를 감추고 추석 명절을 지나 일찍이 가을맞이 기차를 탔다.

차창 밖으로 멀리 바라다보이는 시냇물, 저수지의 낚시꾼, 철로 길 아래서부터 넓게 펼쳐진 황금 들판에, 그대로 천연색 산수화에 도취된 채 어느 순간 부산역 도착이다.

나지막한 동산 아래 쉴 새 없이 무섭게 질주하는 부산 금정구 부곡동 구불산 아래 새로 생긴 도로 어쩌다 등산객들만이 오가는 절 동네이다. 불과 1㎞ 내에 크고 작은 정리 5개나 있다. 내가 지금 찾는 토굴은 마치 삼태기 속에 쏙 들어앉아 있는 듯 구불산 품 안에 안겨 있는 석림정사다.

부처님 수가 신도들 수보다 많은 부처님 동산으로 장엄한 도량 소문도 이름도 알려지지 않은 열댓 평 정도 안방 같은 분위기 법당이다. 찻길에서 올려다보면 언덕 위 산자락 황금빛 거대한 약사여래불이 먼저 반기며 절 문 앞까지 띄엄띄엄 좌불과 입불이 모셔져 부산 시내를 굽어 내려다보시며 웃고 계신다.

만 중생들의 삶을 통찰하사 자비의 모습이라 고개가 숙여진다.

때맞추어 부처님 앞앞이 만개한 용설란이 신비의 극치다. 그 누가 노련한 꽃꽂이 솜씨로 감히 흉내 낼 수 있으랴?

마치 부처님 전에 꽃탑을 세워놓은 듯 감탄과 함께 카메라에 담아본다. 그뿐이 아니라 작은 동산 울타리의 회라칸사스 열매 또한 장관이다.

가을부터 흰눈이 올 때까지 송이송이 빨갛게 익어가는 광경은 사람들의 메마른 정서가 곱게 물들여지고 사랑과 나눔의 열매로 안겨온다.

우거진 수목에 가리어 절 밖에서는 전혀 식별이 안 되지만 가끔 올라온 등산객들은 비로소 이렇게 좋은 도량이 있을 줄이야. 이구동성 탄복을 자아낸다.

많은 부처님은 대자비로 만중생 소원을 다 이루어 주시려고 기다리고 계시지만 시각장애인이 되고 소경이 된 무연중생 구제방법 없다더니…….

국내 전국 방방곡곡 명산대찰이며 외국 유명한 부처님 성지순례, 안 가 본 곳 없이 다 다녀보았건만 내 맘을 받아 주시며 속삭임의 교감이 오가는 부처님은 우리 토굴 부처님이다.

돌이켜 보면 40년 세월 희로애락을 함께 해 온 토굴 부처님은 전생의 선근은 물론 세세생생 함께 해 주실 것을 믿는다.

이제 고희를 지난 인생 더 바랄 것 없이 원했던 일 다 채워졌으니 앞으로 부처님은 은혜 보은하는 삶이 되고 부처님 가까이 갈 수 있는 기도와 참선 정진력만의 여생이 되길 기원할 뿐이다.

나무석가모니불, 나무석가모니불, 나무시아본사석가모니불.

이보연(평등심) 합장

"경" 꽃꽂이 사범 50人集에서

2부

아! 딸아

아이들은 뱀이 눈에 띄면 돌팔매질로 죽여야 했다.
그래서 같이 어울려 뭉텅한 큰 돌을 던진 내 돌멩이에
하필이면 꼬리가 잘려나갔던 어린 시절이
이제 와 태몽으로 들어오다니 그래서 알게 모르게 지은 죄의
인과응보는 피할 길 없는 인연법임을 새삼스럽게 깨닫고
인생은 매사에 외나무다리를 건너듯 조심조심…….

왕언니의 시험

서둘러 집을 나갔다. 오리엔테이션 첫날이라 백여 명 넘는 교실 안에서 사방을 둘러보았지만 내 또래 학생은 없다. 모두가 딸 아들 며느리 나이들이다. 몇 년을 두고 벼르고 별렀던 터라 용기를 내어 입학 등록은 했지만 암담하고 계면 쩍기 이루 말할 수 없다. 백여 명의 시선은 교수들과 함께 나에게로 총 집중이다. 망신이라도 당한 듯 달아오르는 얼굴은 식을 줄 몰랐다. 어느 누가 나에게 말 한 마디 걸어오는 사람도 다가서는 이도 없다. 내가 먼저 젊은이들에게 미소를 보내며 눈인사를 했더니 그중에 나와 말투가 비슷한 경상도 사투리의 여인 미스 강은 미모의 피아노 학원 원장이었다.

나이는 나보다 훨씬 아래지만 얼굴만큼 맘씨도 곱고 따뜻해서 짝꿍이 되어 주었다.

첫 시간이다. 재미있게 생긴 남자 교수님이 출석을 체크한 후 왕언니라는 명칭을 붙여 주었다.

따라서 학생 전원으로부터 그 다음 시간부터 내 이름은 여기 저기 교무실에까지 왕언니로 통해 버렸다. 교수들도 모두 나이 차이가 많아 나를 대하기가 무척 어려운 눈치였다.

웬 교과서가 이리도 많은지 과목 이름도 생소하여 열일곱 권 담당 교수님 얼굴까지 혼동이다. 겨우 한 달이 지나고 보니 책과 교수와의 연관을 알 것만 같았다. 너무나 오랜 세월 연필 한 번 제대로 잡고 글 써 본 적도 없이 살았던지라 필기를 하려고 해도 손도 떨리고 눈도 잘 보이지 않았다. 강의 듣는 순간은 재미있고 다 알 것 같은데 집에 오면 오늘은 뭘 배우고 왔는지 머리에 저장된 것은 아무것도 없다.

두어 달 동안 학교 다닌답시고 집안 살림도 제대로 챙기지 못하고 아침 일찍 몸단장하고 가방 메고 나가는 것이 최상의 낙이다. 매일 점심시간만 기다려진다. 어제는 그 집에서 오늘은 이 집에서 수다 떨며 하하거리다 보면 수업시간 지각이 일쑤다.

공부는 뒷전이고 놀이 삼아 나다닌 것이 어느새 두어 달, 배운 것도 아는 것도 없는데 무슨 중간고사라니 눈앞이 캄캄할 지경이다. 열 명씩 조를 짜고 제일 어린 순희가 썸머리를 책임졌다. 각자 노력하자고 약속하에 점심밥은 왕언니가 쏘기로 했다. 모두 파이팅이란다.

시험 전 예상문제 쪽지를 받아들고 열심히 암기에 열을 올리는데 도무지 나는 외워지지도 않고 머리만 터질 지경이다. 밤을 지새느라 안 마시는 커피를 두 잔이나 마시며 잠과 씨름을 하노라면 남편이 나와서 사법시험 공부하느냐고 놀림까지 받는다.

아침 식사 준비하랴, 책가방이며 옷 차려 입고 나가느라 식사도 든든히 챙기지 못해 저혈당 증세가 왔다. 교실에 들어서자마자 진땀이 나고 손이 떨려 사탕을 꺼내 물고 시험지를 받았다.

겨우 번호와 이름만 써놓고 옆자리 옥희가 자기 것 보고 쓰라기에 1번과 2번 답을 쓰고 보니 바꿔 쓰는 실수를 했다. 앞에 나가 다시 새 문제지를 들고 왔다. 옆 자리 옥희는 답안 작성이 끝나고 갖고 있던 커닝 쪽지를 슬쩍 내 시험지 밑에 넣어주고 나가 버렸다. 하지만 자기만의 암호라 잘 알아볼 수가 없었다. 애만 태우던 중 지나가던 감독 선생께 들키고 말았다. 그는 "왕언니"라는 귓속말만 남기며 곱게 쪽지만 슬쩍 가져가 버린다.

나는 쥐구멍이라도 있었으면 들어가 버려야 했다. 시험지 문제가 하나도 안 보인다.

흰 부분은 종이일 뿐 글씨는 아예 검정판이다. 서너 번 심호흡을 깊게 한 후 돋보기를 내려쓰고 다시 시작하는 마음으로 문제를 읽으며 아는 대로 써내려갔다.

시험 때는 잠을 충분히 자야만 평소 강의 들을 때 생각이 떠올라 유익하다는 점을 이제 비로소 깨달았다. 감독 선생이 교무실로 가져간 왕언니 커닝 쪽지가 빅 뉴스거리다. 다음 시간을 생각만 하면 더 이상 용기가 없다. 졸업이니 자격증마저도 다 그만두고 싶은 심정이다.

첫 시간 '영유아 교육학'은 포기하고 싶지 않다. 교무실에 가서 재시험 신청을 했다.

둘째 시간 '인간관계론' 역시 가슴만 두방망이질을 하고 사지는 떨리는데 S교수님 담당이다. 시험지를 돌리기 전 부탁이 있단다. 모두들 커닝할 생각은 접고 양심껏 하면 40대는 4점, 50대는 5점, 60대는 10점 가산점을 주지만 그 대신 커닝하다 적발시엔 10점 감점이라고 미리 광고한단다. 모두 숨소리를 죽이고 바스락 종이 넘기는 소리뿐 열심히 몰두하고 있는 분위기이다.

어느 한 순간 "셋째 줄 뒤에서 넷째 학생 10점 감점!" 하는 감독 호령이 떨어졌다. 나는 첫째 시간부터 바짝 얼어붙어 꼼짝달싹도 못하고 아래 시험지만 내려다보고 있었기에 목까지 뻣뻣이 굳어 버렸다.

시험이 끝나고 알고 보니 커닝 선수 몇 명은 서로 시험지를 바꿔서 고쳐주며 쪽지를 돌려주고 받고 작당을 피워 깨소금 맛이었다고 박장대소들이다. 시험 감독은 결국 장님이 되고 만 셈이다.

옛말에 쌀겨 먹던 개는 들키지 않고 보리등겨 먹던 개가 들켜 혼쭐이 난 격이라 난감하기 짝이 없다. 더 이상 졸업도 자격증도 안갯속으로 멀어져만 가고 좌절감에서 헤치고 일어설 수가 없다. 여기서 포기하자니 입학 당시의 목표가 산산조각 흩어짐이 자신의 비겁함과 무책임이 감당이 안 된다.

시험이 끝나고 교재 교구 전시만 완성하면 겨울방학 마치자마자 졸업과 동시에 자격증이 부여되고 매월 지출하던 거액의 자비원 운영비용이 감소되어 허덕임에서 벗어나 한가로움을 누리게 될 텐데…….

1년 동안의 지겨운 수업과 시험이 끝나고 교재 교구가 마지막 고비다. 앞 시험은 망쳤지만 2교시는 '인간관계론' 과목의 가상 유언장 쓰기다. 나의 가상 아닌 진실 담긴 내 글이 너무나 인간미 넘치는 글이라고 지도 교수님의 칭찬에 위로가 되어 왕언니의 첫째 시간의 수치스럽던 사건은 눈 녹듯 사라졌다.

첫 시간 '유아교육학' 성적은 간신히 재시험으로 턱걸이 점수를 인정받았지만 졸업식 날은 복지부 장관상과 개근상까지 받았다. 물론 잘 해서가 아니라 왕언니의 사기를 살려주셨던 것이라 믿는다.

배움은 때가 있다는 내 경험 현실 앞에 젊은이들에게 때 놓치면 후회한다고 간곡히 외치고 싶다.

(1999년 12월)

연등

간밤에 꽃망울을 터트리는 단비가 촉촉하게 대지를 적셨다. 창틀을 비집고 들어온 아침 햇살이 연꽃잎에 쏟아져 더욱 화사해 보이며 향기가 피어나는 듯하다. 나도 모르게 일손을 놓고 눈부신 따스한 봄볕을 쬐러 커튼과 창문을 열었다.

수선스럽게 늘어놓은 색종이며 꽃잎 연지를 밀쳐놓고 앞산 진달래와 담 넘어 줄지어 늘어진 개나리가 다투어 미소 짓는데 거실은 순식간에 햇살과 봄 냄새로 가득 찼다.

아직도 봄바람은 옷 속을 파고들고 마음 한 구석엔 추위가 남아 움츠리고 있건만 한 달 정도 밖에 남지 않은 초파일 행사준비는 지금부터 서둘러 연등을 만들어야 한다.

해마다 치루어 온 이십 년 경험으로 몸에 밴 일이건만 왜 이리도 올해는 걱정만 태산 같다.

　　자비원 식구 돌보랴, 매월 두어 차례 법회 준비하랴, 일손은 물 마를 틈이 없이 살다 보니 젖은 손으로 연지 만져볼 생각은 마음뿐이다. 그 누구를 동원해서 만들어볼까 맘 속으로 찍어두기만 하면 그대로 성사가 되니 이 또한 이심전심 부처님 뜻이라 감사할 뿐이

다.

반야심은 자녀들 혼사를 발원하는 정성을 담아 꽃잎 한 잎 두 잎 붙여 갈 때마다 관세음보살 주력을 하고 혜안심은 아들 딸 명문대학 합격을 기원하는 기도로 문수보살 지혜(知慧)를 빌며 혼을 쏟아 빚으며 뒷집 형님은 남편의 병환 회복을 빈다.

고향 도반들은 모두 각자 나름대로의 소원을 연지 한 장 한 장 붙일 때마다 소리 없이 입술만 나불나불 손은 손대로 입은 염불 삼매에 들어 어느새 고운 연등 꽃은 법당을 가득 장엄(莊嚴)해 놓았다.

보기엔 연등 하나가 그대로의 등 모양이지만 처음엔 앙상한 철사로 엮어 맨 뒤 모형에 흰 속지로 원형을 붙인 다음 분홍, 노랑, 파랑 오색 찬란한 연꽃 종이를 낱낱이 풀을 발라 하나의 연등이 탄생됨은 적어도 대여섯 번의 손길을 거쳐서 빚어낸 이의 숨결과 혼백이 젖어 있다.

그런데 지금 우리들 현실은 시대 흐름에 따라 각양각색의 등들이 상품화 되어 바쁘다는 핑계로 사찰에서도 다들 사서 쓰고 절에서는 고가의 등부터 낮은 금액까지 마치 등 장사를 연상케 하는 행위가 벌어지고 있는 실정이다.

옛날 부처님 당시에는 누구나 자기 손수 정성껏 만들어 성탄절 경사를 행하고 한 여인의 빈자(貧者) 일등이란 전설도 이 시대를 살아가는 우리들의 교훈으로 남아 있다.

불자의 진정한 도리는 석가탄신일만은 어떤 모양이든 자신의 창작으로 정성들여 만드는 데 의미가 있는 것이라고 본다.

이번 진주 남강 유등축제를 관람한 소감은 너무나 큰 감동이었다. 매년 여의도를 비롯하여 사팔 연등축제가 서울 시가를 누비는 행사도 보아왔지만 남강에 떠있는 연등이야말로 사람의 손재주가 저다지도 신비로울 수가 있을까 하고 탄복하였다.

새삼스럽게 각성해야겠다는 부끄러운 맘을 감출 길 없다. 성의 없는 현금 몇 푼에 등값이라고 내놓고 오만 가지 소원을 담아 달아 맨 등을 내려놓고 싶은 심정 부처님께 고백한다.

10여 년 전 인도 성지순례 때 들은 바로는 기원전 3000년경으로 추정되는 연꽃의 여신상이 발굴되었다 한다.

바라문교의 경전에서는 여신이 연화대 위에서 연꽃을 머리에 쓰고 태어났다는 기록이 있고 신에게 연꽃을 바치고 그 위에 앉히거나 손에 연꽃을 들게 했으므로 불상이나 스님들이 연화대에 앉게 되는 모습이 비롯되었다고 한다

연꽃이 진흙탕물 속에서 피어오름은 오탁악세(五濁惡世)에 물들지 아니 하는 신성하고 고귀함의 뜻으로 불교의 진리를 말해 주는 꽃으로 알려졌던 사실이 가슴에 와 닿는다.

지금까지 무명 중생은 속세의 오만 가지 탐욕을 고귀한 연등에 무겁게 실어 복만 빌고 있었던 어리석음을 진심으로 참회하며 명년 부처님 오신 날을 맞이할 때는 그 어떤 소원도 담지 않고 경쾌하고 아름다운 연등을 손수 빚어 바치리다.

목욕 문화

우리는 너무 좋은 세상을 살고 있다.

현대문명과 문화의 혜택을 얼마나 인식하며 감사하고 살고 있는지 가슴에 손을 얹고 자신을 반조해 본다.

70여 년 전 내가 자랄 때는 시골 농촌에 전기도 없고 목욕탕도 없었다.

여름이 되어야만 시냇가에 매일 나가 물장난하며 더위를 식히고 해가 지도록 놀아도 목욕이라는 개념을 모르고 자랐다.

팔월 추석 명절이나 섣달 그믐날 설날이 가까워 오면 새해를 맞이한다고 집안의 대청소며 큰 이불빨래랑 하면서 아이들 목욕까지 시켜 주었다.

추운 날씨 관계로 큰 가마솥에 소죽을 끓여 퍼내고 난 뒤 솥을 깨끗이 씻어내고 물을 부어 다시 불을 지펴 데운 후 뜨거운 솥 밑바닥에 나무판대기를 깔고 들어앉아 대충 씻는 정도가 목욕이었다.

어린 마음에도 솥이 밑으로 내려앉을까 봐 걱정스러워 움직이지도 못하고 조심하고 가만히 쪼그리고 앉아 있어야 했다.

일 년중 여름을 빼고 두어 번 씻어주면 명절에 새로 사온 옷 입히려고 씻겨주나 보다 생각하면서 마냥 좋아했다.

초등학교 들어가서 비로소 몸을 청결하게 씻고 다녀야 한다는 교육을 받고 아침 조회시간이 끝나고 교실에 들어가면 용의검사를 했다.

의복이 깨끗한가? 손발에 때가 있는지, 양치를 하고 다니는가를 아침마다 검사를 해서 더러운 학생은 벌을 세우기도 했다.

옛날 우리 부모님들 생활상을 상상해 볼 일이다. 지금 못사는 나라 동남아를 가보면 우리나라 오육십년대 조상님들의 삶의 형상을 짐작할 수 있다.

요즘 세대 젊은이들 3/40대는 상상할 수조차 없는 세상을 살고 있다. 너무나 풍부한 물질만능시대 근검절약을 모르는 현실이 나이든 우리로서는 걱정스럽기만 하다.

허기야 날로 발전하는 과학 문명시대에 살고 있는 주인공들이니 노파심은 접어야 하겠지만 우리는 작은 나라 어디에 가도 온천이랑 찜질방 종류도 다양하다.

요즘 동네마다 목욕탕이야 말할 것 없이 시설도 경쟁이다. 호화판으로 해놔야 손님을 몰아오지 하찮은 곳은 문을 닫는 실정이다.

"경" 꽃꽂이 사범 50人集에서

내가 다니는 목욕탕은 24시간을 하는 찜질방이 있는 보통 대중적인 탕이다. 그 시간에 찜질방에서 자고 나오는 젊은 여자라기보다 어린 아가씨들도 있다. 지금까지 나는 한 번도 이런 곳에서 외박을

해 보지 않았기 때문에 호기심도 나고 좀 의아한 생각이 들기도 한다. 항상 느끼는 것은 새파란 젊은 여자들이나 몸이 너무 비만인 아주머니들이 주로 때밀이 언니에게 몸을 맡기고 누워 있는 광경을 갈 때마다 볼 수 있다. 머리까지 자기 스스로 감지도 않고 내려와 다른 방으로 들어간다.

그곳은 전신 마사지를 받고 약쑥 좌욕인지 뭔지 하면서 얼굴미용까지 마친 후 휴게실에 들어가 차를 마시고 나면 한 번 목욕탕 가서 쓰는 비용이 얼마나 될까 생각해 봤다.

그뿐 아니라 목욕탕 내에 요즘은 먹을거리 간식이며 식당까지 거의 다 있고 운동기구 시설도 완비되어 있다.

입욕 전에 살빼기 작전으로 많은 운동으로 땀을 흠뻑 흘린 후 탕으로 들어와 음료수와 먹을거리를 들고 있는 모습을 보고 혼자 웃는다.

앞으로 언젠가는 물속에 들어갔다 나오면 내 손을 쓰지 않고 가만히 눕고 앉아만 있어도 닦아주는 기계가 등장하지 않을까 하는 망상도 피워 본다.

아무리 기계화 되고 물질문명이 발달된다 하더라도 신체구조가 쓰도록 되어 있음에도 너무 쓰지 않으면 오히려 이상이 와서 아주 못쓰게 될 때 그 불행은 누가 책임져야 할까?

그러니까 젊고 건강할 때 가벼운 목욕 스스로 자주하며 몸을 오래 유지하는 목욕 방법이 최선이 아닌가 싶다.

탑의 나라 미얀마

지구촌에 이러한 곳도 있다는 것을 난생 처음 와 봤다.

한반도의 3배가 넘는 국토에 미얀마족을 비롯한 134종의 민족들이 각각 생활 풍속을 간직한 다민족 국가이다. 60년간 영국 식민지에서 벗어난 후 외부세계와 단절된 미얀마식 사회체제로 말미암아 시간의 흐름이 멈춘 나라로 알려졌다. 하지만 이 운둔의 땅이 수십 년간 고립정책을 탈피하려는 노력으로 적극적 시장 개발과 전통 문화와 소수민족들의 다양한 생활 풍속을 발굴하고 이를 관광 상품화 하고 있다. 미얀마는 공업산업화는 거리가 멀고 국민의 90%가 불교를 신봉한다. 마치 우리나라가 일본의 식민지 치하를 벗어나 6.25를 겪은 후 의 생활상을 통감케 하는 관광이라 마치 옛 고향을 찾은 어머니의 품속인 양 가는 곳마다 주고받는 미소는 황금을 주고도 받을 수 없는 고귀한 아름다움 이다.

온통 지구촌은 오염될 대로 자연이 황폐되어 가지만 미얀마는 원시적 자연과 때 묻지 않은 인간 기교에 순수성과 자비로운 향내음이 풍기는 느낌이다.

성지순례 첫날 유네스코 지정 성지 파간으로 향했다. 국내선 비행장이라곤 우리나라 시골 기차역 정도다. 양쪽 날개에 있는 프로펠라는 옛날 영화에서나 보는 비행장면에 주인공 같은 착각에 젖어본다. 창공에서 내려다보이는 파간시는 포장도로가 거의 없고 건기철이라 온 국토가 황토먼지에 메말라 보인다.

아애라오디강 동쪽 항구에 위치한 유적지 파간은 한 면이 26km에 이르는 넓은 면적에 2517기의 탑과 사원의 장관은 한눈에 담을 수가 없었다.

미얀마 불교의 상징인 최대의 사원 쉐지곤 파고다는 상상을 초월하는 장엄한 화장세계이므로 천추만대 보물로 인정이 된다. 높이가 160피트 73캐럿의 다이아몬드와 루비 사파이어 값으로 환산할 수 없는 보물 그리고 탑에 덮어진 금을 합하면 7톤 가량 된다 하여 영국 중앙은행이 보유하고 있는 금보다 더 많다는 설까지 있다고 한다.

가이드의 설명을 듣고 잠시 석양에 눈부신 황금빛 보석탑 모습을 넋을 잃고 바라보니 천년의 시공을 뛰어넘는 감동으로 빠져든다.

마음을 가다듬고 나도 부적 같은 노오란 종이에 소원을 써서 함에다 넣고 금종이를 사서 탑에 붙였다. 특히 400만 기의 오묘하고 즐비한 탑들의 숫자는 국민의 스케일과 예술성에 도취되어 종교와 종파를 초월하여 누구라도 공감할 수 있는 잔잔한 감동을 안겨준다.

또한 재미있는 것은 쉐지곤 파고다 사면 주변에 크고 작은 사원들이 있는데 각기 요일을 표시하고 있는데 이름만 있고 성씨가 없어 태어난 요일이 성씨가 된다고 했다.

그래서 많은 사람들이 요일별로 모여 않아 불공을 올리고 명상하고 도시락을 먹으며 소풍 나들이를 즐긴다고 하니 참으로 재미있는 발상이 아닐 수 없다.

다음 코스는 만달레이다. 1853년에 세워진 미얀마 마지막 왕조의 수도로서 2천 5백 년 전 석가세존이 아난존자를 동반하여 찾은 설법지이다. 현재는 미얀마 제2의 도시로 파간에서 30여 분 비행하여 도착했다. 천오백 명의 스님들이 모여 하나의 마을만한 사원이다.

서구인과 많은 참배객은 동자승부터 백발노승들의 모습을 연신 카메라에 담기 분주했다.

동구 입구에 들어서니 베틀에 않아있는 여인들의 아름다움과 뜰 앞에서 물레 잣는 등 굽은 할머니 모습이랑 강가에서 빨래에 염색물 들이는 모습들은 내가 대여섯 살 때 언니와 어머니의 모습을 보는 것 같아서 더 없이 아름답고 정겨워 보였다.

지구촌에서 스님들의 수도처는 오직 유일무이한 미얀마뿐이란 생각이 든다.

스님들의 철저한 무소유의 청빈한 수도생활 자기 소유란 몸을 가린 승복과 밥 빌러 다니는 발우 하나뿐, 오후 불식으로 수행 정진하여 성불만이 그들의 목표요, 삶 전부다.

사원 관리는 관광객이 바치는 헌금이든 그 어떤 것도 종교성에 종사하는 공무원이 관리한다니 스님은 일체 살림도 모르고 물질적인 것은 속인 관리들의 몫이니 불국토는 바로 미얀마만이 스님들의 살 곳이라 믿어진다. 미얀마 국민성은 자손들에게 물질적 재산을 물려주는 게 아니라 얼마나 많은 탑을 세우고 떠나느냐가 후손에게 영화로운 일이라니 이 나라가 현세의 불국토가 아닌가 싶다.

우리나라 스님들도 이제는 고급 승용차도 버리고 비단옷도 벗어놓고 양옥빌딩 그만 짓고 미얀마 스님들 닮아가는 교환수련으로 우리나라 사찰도 스님들도 대 혁신이 요망된다고 생각해 볼 필요가 있지 않을까?

우리 단체가 성전에 참배하고 나오면 어떻게 기억하고 있는지 신고 간 신발을 주인 앞에 갖다 놓고 티 없이 맑은 까만 눈동자를 쳐다보고 원 달러 원 달러 외치며 조막손을 내민다. 비록 현실은 가난 속에 학교도 못 다니고 구걸은 하지만 조상들이 지어놓은 복으로 불원장래 희망의 꽃이 피리라 믿는다.

(2000년 10월)

배냇저고리

입시 추위는 올해도 어김없이 찾아왔다.

이상기온 현상으로 봄처럼 포근했던 날씨가 갑자기 심술을 부린다. 동장군은 어디에 숨었다 꼭 때맞춰 입시날 잘도 찾아온다.

부모들이랑 수험생들의 마음은 초긴장 얼어붙어 있건만 날씨마저 영하 10도 이하로 끌어내리니 먹고 잠자는 것까지 설치게 된다. 주위 사람들은 시험 잘 치르라고 찹쌀떡과 엿 꾸러미를 들고 와 위로를 하지만 아들은 더더욱 부담스러워 한다.

집안 분위기도 을씨년스럽고 착잡한 아들의 마음을 어떻게 포근히 감싸줄까 하고 백화점엘 나가 보았다. 입구에서부터 수험생들을 위한 아이디어 상품들이 요란하게 진열 되었다. 잘 풀리는 화장지부터 정답 찍으라는 포크며 돋보기 등등 장난스러운 종류가 다양도 했다.

내 눈에 제일 먼저 들어오는 것은 벽에 걸린 빨간 양말에 검은 글씨로 선명하게 합격이라고 문양이 찍혀진 양말과 노란 손수건을 골라들고 살까 말까 한참을 망설였다.

아들의 너무 깔끔한 성격에 무슨 핑계로 신켜 보낼까. 조심스러워 조여드는 가슴은 뭔가 하나 들고 와야 내 마음이 편할 것 같아 핀잔 살 각오로 바구니에 담았다.

그리고 장롱 서랍마다 몇 시간을 들쳐 내어 아들의 배냇저고리를 찾아내었다.

50여 년 전 친정어머님께서 오빠께서 고등고시를 보러 갈 때 시골 온 동네를 집집마다 찾아다니며 첫아들 배냇저고리를 구하러 다니던 옛날을 생각하여 우리 첫 아들 배냇저고리는 지금까지 잘 모서 두었다. 옛 어른들 말에 의하면 과거시험 보러 갈 때 이런 방법을 썼다는 속설이 믿고 싶었다. "옳지 지금이 바로 써먹을 때로구나." 혼자 미소를 흘리며 무척 흐뭇해 했다. 그뿐인가. 밤에는 부적 책을 꺼내놓고 경명주사로 재수대통 합격발원 만사 여의형통이라고 좋은 내용의 글을 혼을 담아 그려놓고 아들을 불렀다.

그것을 본 아들은 펄쩍 뛰었다. 제발 무당 같은 짓거리 하지 말고 마음에 부담 좀 주지 말라고 핀잔만 바가지로 먹었다.

외삼촌도 서울대학 고등고시 합격할 때 외할머님이 이런 방법 온갖 정성 다 쏟아 성공한 거란다. 밑져 봤자 본전이고 죽은 사람 원도 들어준다는데 어찌 에미의 애타는 마음을 그리도 몰라 주냐고

"경" 꽃꽂이 사범 50人集에서

눈물까지 보이며 애원해 봤다.

　못 이긴 척 시험 날 아침 양말만 겨우 신고 몰래 가방 뒤쪽 지퍼
를 열고 손수건 속에 부적을 얌전히 접어 넣었다 고사장에 도착한
후 나는 집에 돌아와 온종일 법당에서 기도만 하고 아들의 귀가시

간을 기다리며 저녁 밥 준비에 정성을 쏟았다.

애 터지게 기다리던 아들은 8시가 되어 들어왔다. 대문 앞까지 달려나가 시험 잘 봤냐고 묻자마자, "기대하지 마세요. 다 망쳤어"라는 대답과 함께 빨간 양말과 배냇저고리와 노란 손수건 보따리는 무참히 방바닥에 내팽개치고 만다.

저녁 밥상도 뒤로 하고 수험표 뒤 쪽지에 답안 체크 암호로 텔레비전에서 발표하는 것을 비교한다. 정답이 몇 개며 오답이 몇 개 혼자서 예상 점수를 알아맞히는 지혜가 대견스러워 아들 고생했다고 위로와 칭찬 대신 주사위는 던져졌으니 점수에 맞게 학교는 아무데나 너의 적성에 맞는 과를 택하자고 타이르며 오랜만에 한 아름 넘치는 아들을 품안에 넣어본다.

결과는 예상보다 좋았다. 한국에서 고3 입시를 포기하고 미국 유학을 3년 가까이 다녀와 2년 이상 병역을 마치고 다시 도전한 대학 입시라 명문대학은 기대하지 않았지만 1, 2류 대학이라도 특차로 합격했으니 엄마는 만족한다. 어미의 과욕으로 열여덟 살 어린 나이로 멀리 혼자 유학 보낸 것이 이제 후회가 된다.

그러나 외국도 다녀 왔고 병역도 필하고 나니 철이 들었는지 IMF도 치루고 가정 형편상 노부모의 입장도 생각해서 미국 복학은 접고 다시 국내 대학 도전을 하리라는 결심은 다 엄마의 기도와 정성 가피라기에 배냇저고리 덕분이라고 식구들은 함박웃음 꽃이 피었다.

고구려 유적지와 백두산 천지

밤 잠을 설치고 부푼 가슴을 안고 집을 나선다.

단군신화와 백두산 천지는 우리 민족 조상들의 얼이 깃들어 있는 역사의 땅 이다.

불과 한 시간 남짓 걸려 대련비행장에 도착했다. 곧바로 현지 가이드와 버스에 올라 대련 시내에서 조금 떨어진 남쪽 해변 성해공원을 관광하고 고구려 천리장성의 시발점이며 해안방어의 요지 비사성을 봤다. 다시 세 시간 반 버스로 단동에 오니 늦은 저녁이다.

이튿날 아침 6시 고구려 시대 염난수라 불리웠던 압록강에서 유람선을 탔다. 선창 밖으로 멀리 바라다보이는 곳이 신의주 위화도 월령도란다.

반딧불처럼 희미한 전깃불이 보일락말락한 압록강변 저 건너 나지막한 빌딩과 집들은 보이건만 사람들은 전혀 눈에 띄지 않는 암흑세계다.

그와 반대로 중국 땅 단동에는 즐비한 숙박 시설과 관광객들을 맞이하는 네온사인이 황홀하게 반짝이는 활기찬 발돋움으로 불야성을 이루고 있어 퍽이나 대조적이다.

사회주의에서 벗어나 이렇게 탈바꿈하고 있는 모습을 보고 가슴 속 한 구석에서 불꽃이 인다. 우리는 언제 통일이 되어 아름다운 금수강산을 후손들에게 물려주게 될까?

전기도 없이 캄캄한 이북의 실상과 조국분단의 아픈 가슴을 쓸어내리며 짧은 승선 조망을 뒤로하고 주몽이 건국한 고구려의 두 번째 수도 국내성을 향했다.

424년 간 고구려의 수도 국내성벽 집안 광개토대왕비와 능은 우리 민족정신이 살아 있는 자존심이다. 비를 자세히 보니 글자 훼손과 비의 받침대 파손, 그뿐 아니라 졸본성의 개명을 오녀산성이라는 것으로 우리 역사를 묻어버리려는 중국의 응큼한 야심에 울분이 솟구친다.

바쁜 일정 관계로 숨 가쁘게 몰아제끼는 버스는 마치 승마를 하는 기분으로 멀미가 너무 심하다. 지친 몸으로 다시 통화로 이동하는 중 가이드의 능하지 못한 한국어와 우리 역사의 실력 부족으로 듣다 못해 학장님의 상세한 설명에 학창시절 역사공부를 다시 하는 듯 가이드와 함께 박수를 쳤다.

이번 여행의 클라이맥스인 사흘째 백두산 천지를 만나는 날이다.

내일 날씨가 좋아야 천지를 볼 텐데 밤새 불안한 신경과 멀미로 상쾌하진 않지만 그림으로만 보던 천지연을 상상하며 서파주차장에 내렸다.

입산하기 전 관리 관계자들의 삼엄한 주의와 눈초리는 외국 관광객을 맞이하는 친절은커녕 목에 두른 스카프에 새겨진 불교대학 단체 인쇄 글까지 간섭하며 눈을 부릅뜨고 대하는 태도는 아직 사회주의 사상에서 완전 탈피하지 못함이 역력히 눈에 보였다.

일행중 83세의 할머니께서 여행 중 맞지 않는 식사로 배탈에 설사병까지 났다. 차에서 내리자마자 화장실로 모시고 가서 속옷을 벗어 쓰레기통에 넣고 홑바지 차림에 천지를 보러 따라 올라간다고 나선다.

20여 명 단체 중 가이드와 세 명만 떨어져 있다. 정상까지 1250계단을 올라가야 하는데 불과 100계단도 오르기 전에 할머니의 얼굴이 백짓장이 되어 나만 갔다 오라니 어처구니가 없다. 때마침 아래서 가마꾼이 올라오면서 오만원이라고 외치며 가마를 들이댄다.

타고 가자고 사정을 했지만 극구 거절하면서 기어서라도 혼자 천천히 가 볼 테니 앞서 가라고 한다. 워낙 깔끔한 성격인지라 남의 신세 지기 싫어하는 성품을 알고 있기에 가이드와 나는 양쪽 겨드랑이를 끼고 쉬엄쉬엄 올라갔다. 고향이 이북인지라 생전에 이북 땅 한 번 밟아보고 오는 게 소원이기에 이번 기회에 맘을 냈더니 남에게 피해를 끼쳐 송구스럽기 말로 다 못한다며 눈물을 찍어낸다.

"경" 꽃꽂이 사범 50人集에서

올라갈수록 바람은 거세지고 먹구름이 온통 밤낮을 분간할 수 없이 앞에 가는 사람도 보이지 않는다.

천신만고 끝에 정상에 다다르니 비바람과 소나기가 억수처럼 퍼붓는다. 우의를 벗어 머리에서부터 뒤집어 쓰려고 하자 소매 한쪽이 드센 바람에 찢겨져 날아가 버렸다.

땅바닥에 이마를 대고 "백두산 산신령님, 천지 좀 보게 해 주세요" 기도를 하고 하소연을 하는데 눈물과 빗물이 범벅이 되어 두

뺨에 흘러내린다.

10여 분 후 거짓말처럼 하늘이 훤해지기 시작하며 산들바람이 불어오더니 쨍하고 햇님이 모습을 드러낸다. 요술을 부렸던지 잠시 심술이 났었나 보다.

그리 멀리 느껴지지 않은 천지연에 이르자 높은 가을하늘이 그대로 내려앉은 듯 짙푸른 물감을 풀어 놓은 것처럼 청아한 물 색상을 어떻게 표현해야 합당할지 그저 '아! 아!' 탄성만 터져 나오며 무아지경에 천지를 향해 절만 하고 싶었다.

한참동안 꾸벅 꾸벅 절을 하다가 내려다보니 천지연에서부터 우리들이 서 있는 발 아래까지 크게 아치를 그리며 떠 있는 오색 무지개가 우리를 반긴다.

이 무슨 조화인가. 30분 전만 해도 사람이 날아갈 정도의 암흑세상에 비바람이 몰아치더니 갑자기 이런 이변이 있으리라고 상상도 못했다. 아마 불교대학 법우들의 신심과 향학열의에 감응하신 신령님의 가피가 아닌가 생각해 본다.

환희심으로 만세삼창이라도 외치고 싶지만 옆에서 지켜보는 중국 경비와 북한동포의 무서운 감시를 의식하면서 백두산 천지의 서기 무지개나 열심히 카메라에 담았다.

고조된 흥분을 진정하고 북한군이 총대를 메고 서 있는 쪽으로 시선을 돌리자 높이가 1m도 안 되는 초라한 돌비석이 보인다. 앞쪽은 중국, 뒤쪽은 조선이란 경계비였다. 넘어가지 못하는 철조망이 가냘프게 처져 있는 걸 보는 순간 가슴이 뭉클해지며 입술에 경련이 인다.

민족의 역사 속 조상들의 얼이 스며든 영산을 이렇게 중국에 빼앗긴 분단의 통한을 어디다 하소연해 보겠는가. 갈라진 북녘 땅을 밟아나 보자! 철조망 밑으로 발을 넣고 한줌의 흙을 비닐봉지에 담으며 그리고 화산폭발 잔재돌을 서너 개 주워 함께 담았다.

조금 전에 절을 못하게 만류하던 북한 경비가 돌을 주워 나에게 준다. 순간 고마운 생각에 얼른 주머니 속에서 지폐 몇 장을 건네주었더니 고개를 끄덕이며 빙긋이 미소로 답례하고 얼굴을 붉힌다. 그리고 예쁜 돌 몇 개를 어디서 두 손에 들고 왔다. 고맙다는 말 대신 마음이 아리다.

고구려와 발해의 후손으로 조상들이 지켰던 우리 땅을 지키지 못하고 거대한 중국에 빼앗기고 한반도는 이념 전쟁의 잔존으로 남북이 갈라져 북녘 땅을 밟고 백두산 천지 성지관광을 마음대로 하지 못하는 서글픈 현실이 가슴을 저민다.

1712년(조선 숙종 38년)에 세웠다는 백두산 정계비(定界碑)와 동방의 금자탑 장수왕릉, 집안의 광개토대왕비, 국내성, 졸본성, 이 모든 사적들은 조상님들의 혼백이 어려 있는 우리 민족의 것임을, 후손들에게 역사공부 바로 시켜 알리는 것이 오늘을 살아가는 우리 세대의 의무가 아닌가 생각하면서 성산의 위용을 뒤로하고 아쉽게 하산하였다.

더 그리운 금강산

그토록 기다리던 출발일이 오월의 마지막 날로 잡혔다.

서울에서 출발하여 동해항까지 가는 동안 머릿속에는 몇 폭의 산수화를 그려 놓았다.

목적지에 도착하여 신분증과 입국비자를 목에 걸고는 줄서기 문화에 익숙치 않은 우리 일행은 천진난만한 유치원생이 되었다.

우리를 실어 나를 봉래호에 오르기까지 절차가 너무나 까다로워 비로소 입북하는 실감이 들어 일렁이는 가슴을 안고 선상에 몸을 실었다. 동해바다 망망대해를 바라보니 창밖에는 불빛 한 점 보이지 않는 만물이 잠들고 있는 고요한 밤바다 위를 우리들만이 꿈에 부푼 금강산을 기리며 풀어헤친 이야기보따리가 선상에 넘쳐난다.

풍랑이 없는 탓인지 배가 아니라 천여 평 대지에 세운 칠팔층짜리 빌딩과 같았다.

각자 정해진 선실에 여장을 풀고 호텔식 뷔페식당에서 저녁식사를 하고 나니 흥분했던 긴장이 풀리면서 그리던 금강산을 드디어 왔구나 하고 혼자서 중얼거린다.

6층 대강당에서 거행된 '통일과 남북 수필문학의 교류' 라는 제목의 세미나에서 원로 문인들의 열강에 흠뻑 젖어 귀기울여 열심히 들었다.

문학입문 초보자로서 오늘과 같은 행사에 동참한 것을 흐뭇하게 느끼며 말이다.

피곤한데도 간밤 꿈속에서 이미 금강산을 다 보았다.

설레는 가슴을 안고 안내원을 따라 자세한 설명을 듣기 위해 입산 전에 주의사항을 잘 들었다. 무조건 벙어리가 되고 침도 무심코 뱉지 못하는 부자유스런 분단의 땅 이북이다.

완전무장을 하고 산속 바위틈에 도사리고 있는 깡마르고 어린 군복차림의 이북 병사들의 모습이 내 가슴을 쓰리게 한다.

20세 전후의 안내원 여성 동무도 검정 치마, 흰 저고리 차림으로 입산길 군데군데 지키고 서 있다.

먼저 우리가 미소를 보내며 "안녕하세요" 인사를 던지면 마땅찮은 얼굴로 웃는지 울상인지 하얀 이빨만 보인다.

가는 곳마다 편평한 바위에 붉은 글씨로 김일성 수령과 김정일 장군을 우상화하는 글귀가 먼저 들어와 묘한 기분을 자아내게 한다.

하늘을 찌를 듯한 괴암절벽과 천하절경 구룡폭포 그리고 바위틈에 홀로 서 있는 한 폭의 그림 같은 소나무와 이름 모를 수십 종의 나무 잎사귀들의 절묘하게 잘 조화된 아름다움에 혼이 나간다.

상팔담은 팔선녀가 내려와 목욕을 하였다는 웅덩이 못으로 마치 옥구슬을 꿰어놓은 듯하다.

아마 선녀와 나무꾼 전설의 이야기가 이곳에서 비롯된 게 아닐까? 생각해 본다.

바위에 턱을 걸치고 내려다보니 폭포가 쏟아내는 천 갈래 만 갈래 물줄기와 포말은 멀리서 바라보기엔 새하얀 진주알을 쏟아 부은 듯 아름다워 우리 일행 입에서 탄성이 터져 나왔다. 뒤따라오던 일행 중 박 선생은 괴성을 질러대며 난 여기서 죽고 싶어라고 호들갑을 떨며 다시 올 기약 없는 한 맺힌 미련만 토해놓고 쫓기는 시간을 지키기 위해 하산 길을 재촉했다.

마지막 코스인 구룡폭포에 닿았다.

꿈속에서 보았던 기도처는 바로 이곳이었다.

순간 나는 숨이 꽉 막혀 버렸다. 폭포수 한 편에 넓디넓은 암벽에 미륵불이라 새겨진 구룡연 건너편 너럭바위에 엎드려 절하던 곳, 꿈속에 보았던 부처님이 계신 곳, 바로 이 자리였다.

나는 작은 물병에 폭포수 한 병을 부처님께 올리고 꿈에 보여주신 부처님, 하루 속히 남북통일이 되어 이 좋은 영산에 자유롭게 드나들 수 있고 북한 동포들도 부처님의 자비로운 법을 알게 해 주십사 라고 기도했다.

꿈과 현실이 일치되는 이번 금강산 관광은 더 없는 길조라 생각되어 무척이나 기뻤다.

짧은 일정에 아쉬움만 쏟아놓고 버스에 몸을 실었다. 막 출발하려던 찰나 새까만 이북의 사복차림 젊은 청년과 우리 가이드가 남편의 이름을 부르며 차에서 내려오란다.

무슨 실수를 했나? 가슴 두근거리며 입술이 바싹 타기 시작한다.

50여 명 단체가 발이 묶일 것을 생각하니 정신이 혼미해진다.

30여 분 후 남편이 헐떡이며 차에 올랐다.

시간을 재촉하던 일행의 따가운 시선은 남편에게로 집중된다.

흥분된 가슴의 숨을 고르며 입을 연다. 어떤 정신 빠진 기독교인이 성경책 뒤에 이름을 쓴 것이 하필이면 남편과 동성동명인 사람이 산에다 성경책을 두고 온 것이 아닌가. 그러나 우리는 불교대학 단체복에 노란색 조끼까지 입었기 망정이지 하마터면 큰 변을 당할 뻔한 일이라 모골이 송연한 추억도 남기고 왔다.

지금도 그때를 생각하면 살벌하고 인간미라고는 전혀 없는 체제의 이질로 찾아볼 수 없는 서먹서먹한 이북 땅, 허리 잘린 국토에 같은 민족, 같은 조상들의 얼이 깃들어 숨 쉬는 영산에 다시 가고 싶은 생각이 들어 더 그리운 금강산, 언제나 포근한 마음으로 오갈 수 있을는지 두고 온 산하 북녘 하늘을 바라보며 새삼 그리워지는 마음 가눌 길 없다.

깔딱고개

말만 듣고 용기를 내어 가 보기로 결심했다.

아침 6시 조계사 앞에서 버스를 타고 강원도 백담사까지 두어 시간 걸려 내린 후 시작되는 산행이다. 봉정암은 부처님 진신사리가 모셔진 곳이라 한 번쯤은 꼭 가봐야겠다는 욕심이었기에 맘 준비는 단단히 했다. 눈썹도 빼 놓고 가야 한다는 봉정암에는 스님들 부식반찬이 어려워 신도들 방문할 때 감자나 호박 오이 한 개씩만이라도 가져가야 스님 모시는 예우라기에 들은 대로 배낭에 챙겨 넣었다.

영시암까지는 그런대로 일행들을 놓치지 않고 올랐건만 점점 처지기 시작한다. 느긋한 마음으로 사방을 바라다보고 뒤를 돌아보았다. 윗산에는 원색의 비단천을 깔아놓은 듯 울긋불긋, 아래엔 오색 실타래가 줄지어 늘어뜨려 놓은 것처럼 빨강 노랑 검정 파랑 흰

"경" 꽃꽂이 사범 50人集에서

색 등등 열두 가지 등산복 색상은 산 전체의 단풍들과 조화를 이룬 비경이다.

　잠시 산길을 벗어나 너럭바위에서 허리를 폈다. 할머니 한 분이 무겁게 짐을 지고 올라와 옆에 와 짐을 벗는다. 무슨 짐을 그렇게 많이 지고 가느냐고 물었더니 봉정암 김치라고 한다

　벌써 10년째 스님들 김치 양식을 일주일에 한 번씩 져다 드린단다. 어째서 그렇게 하느냐고 물으니 이 공덕으로 집안이 편하고 죽을 목숨 살아나고 자식들 성공하여 부처님과 스님들께 보답한다는

답변에 고개가 숙여졌다.

수정처럼 맑은 계곡물을 손으로 한 웅큼 떠서 목을 축이고 보니 잔잔한 웅덩이 고인 물속에 파란 쪽빛 하늘, 뭉게구름이 한 폭의 그림으로 내려앉았다. 노보살님의 짐을 잠시라도 져보겠다고 했더니 한 마디로 거절당했다.

짐을 지고 나보다 더 앞서 가 버리고 거기서부터 절벽을 기어오르듯 계속 오르막길이라 몇 발자국 못 가서 숨이 턱에 받혀 주저앉고 말았다. 눈썹마저 빼놓고 가라던 말이 실감이 난다.

내려오는 사람들이 부럽기만 하다. 아직 얼마나 더 가야 하느냐고 물어만 보니 여기가 깔딱고개란다. 역시 숨을 고르지 못하고 깔딱 넘어가기 직전이라 깔딱 고개라 불렀나 보다. 다들 음료수로 갈증을 달래고 커피 파는 아저씨도 있기에 다행이었다. 물은 진작 다 마시고 죽을 것만 같았던지라 감로수가 따로 없다. 커피 한잔에 원기가 충전되어 입술을 깨물며 오르니 드디어 해가 서산마루에 넘어가고 겨우 어둠이 깔리기 전인 여덟 시간 만에 도착했다.

당장 저녁 밥을 해결하고 밤새 쉴 방을 찾으니 방마다 발 들여 놓을 곳이 없다. 이 높고 먼 산중에 사람이 인산인해다. 무슨 까닭일까?

부처님 정수리 진신사리라. 시공을 초월한 석가모니 부처님을 직접 친견하러 왔다고 생각을 해본다. 발 뻗고 편히 앉을자리도 없어 사리탑 앞에서 기도하다가 추워서 어디든 들어가 웅크리고 앉았다가 새벽 3시 도량예불 목탁소리에 마당으로 나왔다.

뜬 눈으로 밤을 지새우고 아침 6시 공양 목탁소리에 이끌려 가 보니 마당에서 멀건 소금 미역국에 밥 한 주걱 말아서 주는 것 외에 아무 반찬도 없다.

먹고 나올 때 소금 기름에 비빈 주먹밥 한 덩어리 받아가지고 나왔다. 여섯 시간 동안 내려오던 중 배가 고파 먹던 그 주먹밥이 꿀맛이었다.

아침 해돋이를 보려고 대청봉까지 가는 시간은 거의 한 시간이 걸렸다. 무거운 다리는 마치 애기들이 걸음마를 시작하는 꼴이다.

붉게 물든 동쪽 하늘과 아래로 내려다보이는 선경은 어떻게 표현해야 와 보지 않은 사람들에게 전해질 수 있을까?

안개 자욱한 동녘 하늘 밝은 해는 보기 어렵다지만 높이 올라온 태양 아래 절경은 바로 화엄세계가 이 아닌가 싶다.

새벽별 보고 나갔다 별 보고 돌아오는 피곤함도 잊은 채 무엇을 얻은 듯 성취감에 뿌듯한 이 기분 맛보지 않은 사람은 모를 것이다. 힘들게 다녀왔건만 더 큰 아쉬움만 남아 언젠가는 또 가고 싶어짐은 무슨 까닭일까. 나에게 물어 본다.

이번에 명백한 해맞이는 못했지만 왠지 가슴이 설레고 온몸이 저리도록 경건해지는 대청봉 아침 비경을 만끽하고 싶다.

다음 기회에는 2박 3일간 봉정암 부처님의 진신사리 앞에서 고백해야 할 숙제를 풀고 와야 여생이 편안하리라 믿는다.

꿈 이야기

수십 년 전 얘기다. 꿈에 꼬리 잘린 뱀 한 마리가 저고리 깃에 매달려 나를 빤히 쳐다본다. 온몸에 소름이 끼치고 물에 빠진 듯 땀투성이로 펄펄 뛰며 떨어지길 바랐지만 질기도록 노려보며 약을 올려 내 소리에 꿈을 깼다.

그 후 임신을 했다. 우리 부부는 만혼이라 결혼 후 첫아들을 낳고 딸 하나만 빨리 더 보고 단산하자고 약속하며 이상한 꿈이 태몽인지 뭔지 모르고 배가 불러 달도 차기 전에 그냥 낳은 애가 지금의 딸아이다. 8개월 만의 조산으로 보육기에서 55일을 키운 후 퇴원을 했다. 딸이 백일이 지나도록 고개도 가누지 못하고 이상했지만 두 달이나 조산한 탓으로 발육이 늦나 보다 생각했다. 그래도 예방접종은 다 챙겨주었다. 의사 선생님은 신생아 황달이 너무 심했기 때문에 바이러스가 뇌를 침범하면 이 다음 발육에 지장이 있다는 것이다.

언어장애나 지능장애 혹은 지체장애가 올 수 있다는 말에 설마 자라면 모든 기능이 발육과 동시에 저절로 돌아오리라는 생각에 예쁘고 사랑스럽기만 했다. 생후 반년이 지나도록 진전이 없자 초조함과

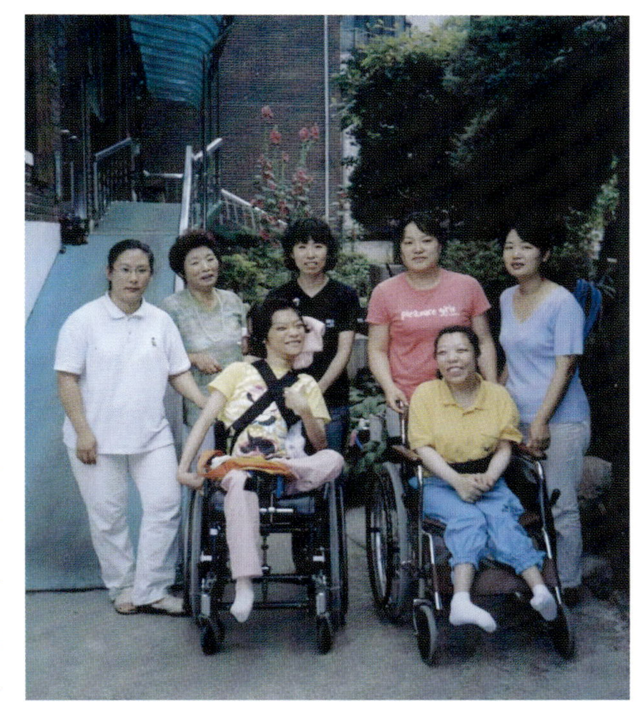

급한 마음에 삼육재활센터를 찾았다.

돌 때부터 재활치료며 언어치료 작업치료 현대의학으로서 할 수 있는 방법은 다 해 보았고, 한방 치료로 먹이기 어려운 한약이며 어린 유아에게 침뜸까지 안 해 본 것 없이 25년 세월을 아이에게 고통만 안겨주고 살았다.

오늘에 이르기까지 아무런 진전 없는 삶, 아직도 먹고 배설까지 누워서 살고 있는 신세가 저주스럽기까지 하다. 현대의학으로서 동서고금을 통해 뇌성마비는 불치의 병이라니 왜 하필이면 이러한 기구한 팔자 운명인가?

과학과 현대 의학에 한계를 느낀 나머지 마지막 부처님께 의지하

여 피나는 기도로써 불가사의의 기적을 바라볼 수밖에 없다는 결심으로 매일 108배 기도를 백일 동안 하기로 했다

여섯 살 때 내 백일기도가 끝날 무렵 '엄마, 아빠, 물' 밖에 할 줄 몰랐던 딸아이의 말문이 열려 두 글자 이상의 단어 연결을 하며 대소변 가리는 것만으로도 여간 고맙지 않아 감동이었다.

백일기도가 끝나고 설악산 홍련암 삼천배 기도를 갔다. 기도중 어쩌면 그렇게도 딸아이의 얼굴도 이름도 떠오르지 않는지 아무리 애를 써 기억하려 해도 상기되지 않고 눈물만 한없이 쏟아져 눈도 뜰 수 없이 얼굴만 바가지처럼 부어올랐다. 여덟 시간 동안 밤새 삼천배가 끝나자 동녘 하늘이 붉게 물들자 오색 무지개가 바다 속에서 해수관음상까지 찬란한 그림으로 보여주니 순간 자신도 모르게 동해바다를 향해 합장하고 수없이 절을 했다.

딸아이가 정상으로 되어주길 애원하는 기도가 첫째 소원이지만 앞서 부처님께 용서 빌고 참회하는 제목이 우리 부부에게는 큰 목록임을 알고 있다. 기도중 항상 꿈속에서 딸아이의 걷는 모습이며 엄마손 잡고 놀이하는 기쁨은 꿈속에서만 즐겁고 행복했다. 누워서 고등교육까지 받아 지금은 노트북 펴 놓고 인터넷으로 세상 구경 다 하고, 쇼핑할 것 자유롭게 하고, 전동휠체어 타고 다니고 싶은 데 가고 오고 그나마 즐기고 살아있으니 장님이나 농아 소경 같은 장애보다는 좀 다행이라고 생각된다.

이제는 딸아이의 나이도 나이려니와 서른 살 되도록 누워 사는

저에게 좋다는 짓은 원 없이 비행기 타고 배까지 태워 일본 중국 가까운 해외여행도 시켜 주었다. 부모의 도리로서 이것도 부족하지만 부모 자식지간 서로의 동업중생 인연법을 깊이 깨달아 부처님 법 교훈 잘 배워 갈고 닦아서 다음 생을 건강하게 맞이하도록 명심해야 하겠다. 장애인 딸아이를 낳아 길러오면서 어린 초등학교 시절 십리길 읍내학교 다니노라면 작은 시냇물도 건너고 뱀이 서식하는 뱀몰이라는 산을 지나느라 언제나 뱀을 만나고 지나간다.

그럴 때마다 아이들은 뱀이 눈에 띄면 돌팔매질로 죽여야 했다. 그래서 같이 어울려 뭉텅한 큰 돌을 던진 내 돌멩이에 하필이면 꼬리가 잘려나갔던 어린 시절이 이제 와 태몽으로 들어오다니 그래서 알게 모르게 지은 죄의 인과응보는 피할 길 없는 인연법임을 새삼스럽게 깨닫고 인생은 매사에 외나무다리를 건너듯 조심조심…….

자비하신 부처님,
부처님께서는 삼계(三界)의 대표이시며
사생(四生)의 자부이시며
태(胎) 란(卵) 습(濕) 화(化)
사생 육도의 구류중생(九類衆生)
모두 다 구원하신다 하셨지요.
부처님 전에 엎드려 비옵니다.

고향

어린 시절의 단오는 큰 명절이었다.

여자들은 노소 없이 창포물에 머리감고 향내 나는 궁궁이 풀(미나리과에 속함) 머리에 꽂고 갑사댕기에 치렁치렁한 갈래머리를 날리면서 항나치마 저고리 옷고름을 나부끼며 그네 타는 모습은 춘향이가 따로 없었다.

우리 마을 향교는 동네 입구에 수령 백년이 넘는 큰 팽나무가 있다. 해마다 단오절이 되면 고개마을 향석리 처녀 총각들부터 아주머니 아저씨 그네 선수들이 몰려와 그네 타기 대회가 열린다.

그네 발판에 줄을 매어 땅바닥에 금을 그어가며 누가 더 멀리 높이 올라가나 시합을 했다. 단발머리였던 나는 그네 잘 타는 오빠 언니들이 마냥 부러웠다.

고개 너머 영숙 언니는 팽나무 잎을 따서 입에 물고 오기도 하고 우리 동네 옹수 오빠는 가지를 꺾어 오는 용감한 모습이 지금은 옛 날 이야기로 남았다.

일등한 언니는 상품으로 세숫대야를 받고 어떤 아저씨는 삽을 받 아가기도 했다.

팽나무 아래는 오월 한 달이 다 가도록 밤늦게까지 아이스케키 소리가 멈추지 않고 코흘리개들의 울음과 웃음소리, 밀어라 내려 라 동네가 시끌벅적이다.

그때는 정말 밤잠을 안 자도 그네만 실컷 탔으면 좋았다. 50여 호 되는 동네에서 그네라야 일 년에 한 번 타 보는 것이라 아이들의 갈 증은 아쉬움뿐이다.

서로가 먼저 타려고 매달려 싸우다 보면 심술쟁이 어떤 큰 오빠 가 힘껏 밀어서 조무래기 한 아이가 떨어져 이빨이 빠졌다. 아이의 엄마는 화가 나서 낫으로 그네 줄을 끊어 버리는 불상사도 일어 났 었다.

향교 마을은 정월 대보름이 되면 팽나무 아래서 동신제를 올린 다.

동네 입구에서부터 빨간 흙으로 부정을 멀리 한다는 뜻으로 외부 인이 초상을 당한 사람은 동네 들어오지 못하게 하고 동네 주민도 궂은 일을 당하면 제사 참석도 못하며 제일 정갈한 집을 택하여 제 사음식을 장만하고 먼저 향교당에서 제를 올린 후 팽나무 아래서 동신제를 지내는 것이 우리 향교 마을 풍속이다.

일 년 동안 마을의 평안과 풍년을 기원하는 의미에서 보름날 낮에는 풍악놀이를 한다.

집집마다 들어가 지신을 밟고 무병장수와 재수대통을 기원하는 미풍은 우리 지역에서도 향교 마을이 유난스럽게 특색이 있다.

우리가 자랄 때 유교사상이 철저한 향교 마을 모든 주민들은 옛날 양반들처럼 순하고 예의가 밝았다. 여름에도 버선발로 머리 상투까지 하고 있는 몇몇 어른도 있었다.

그런데 친구 옥분이 오빠는 어려서 객지에 나가 살다 들어온 뒤 홀어머니에게 욕설도 하고 불효한 행동을 한다고 동네 어른들이 사랑방에 모여서 그 오빠를 동네서 내쫓자는 공론으로 드디어 추방당하는 것도 본 기억이 있다.

여름이면 팽나무 아래 모깃불 피워놓고 그 속에 감자를 삼태기로 하나 묻어놓고 놀러나오는 사람들마다 심심풀이로 까먹고 졸리면 멍석에 누워 실컷 자다가 어느 때든지 집으로 들어간다. 우리들은 어른들 옆에서 공기놀이도 하고 호롱불 밑에서 숙제꺼리도 가지고 나와 엎드려 있다가 잠이 들면 어른들이 "집에 가서 자거라 뱀 나온다" 라고 깨우면 기겁을 하고 들어가곤 했다. 어린 것이 밤늦게 다닌다고 야단맞을까 두려워 싸리문 앞에서 신발을 벗어 들고 숨소리를 죽이며 발자국 소리도 없이 마루에 올라서면 삐그덕거리는 소리에 엄마는 귀 도 밝았다. 태어나 자랐던 고향은 늙어도 잊혀지지 않고 유년시절의 추억은 늙어서 치매가 와도 기억하는 걸 보면 추억의 각인이 참으로 두텁게 느껴진다.

내가 고향을 떠난 것은 초등학교 졸업하고 중학교를 입학할 때였다. 6년 간 유년시절은 십리 길을 걸어서 학교를 다녔으나 중학교는 면소재지라 무척 편했지만 그때부터 고향은 멀어지고 친척도 아무도 살고 있지 않기 때문에 갈 일도 없고 저절로 멀어졌다.

지금도 가끔 생각나는 친구와 그의 오빠는 그리울 때가 있다. 그리고 우리 집 앞 팽나무는 지금은 고목이 되어 아직도 서 있나? 쓰러져 없어졌나 궁금하기만 하다.

시골에 사람들도 없고 향교마저 텅 빈 채 옛 어른들 다 돌아가시고 이제는 우리 또래가 바톤을 받았건만 어릴 적 소꿉친구들, 지금은 다들 어디서 얼마나 늙어가고 있을까?

금생에 만나지 못하면 저승에서나 만나 볼 수 있으랴.

"경" 꽃꽂이 사범 50人集에서

3부

나를 찾아서

팔십 년 풍진 속 희로애락도
이름 석자 남겨놓고 사라졌다.

천고마비 황금들판 뭇새들 노래소리
내 아랑곳 없구나 구름 타고 날아간다.

처자식을 위한다고 백골이 녹았으나
떠날 때는 그 누구도 동행할 이 없구나.

오라버니의 일생

우리는 경상도 시골 향교마을에서 태어났다.

어머님은 열여섯 살 때 아홉 살 위인 아버님과 결혼하여 아들딸 열 명을 낳아 겨우 육남매(아들 셋 딸 셋)를 성장시켰다.

그중 오라버님은 맏아들로 면소재지 초등학교를 졸업하고 집에서 40리 떨어진 예천군 소재지 농업중학교에 다녔다.

매주 토요일마다 오빠가 걸어서 집에 올 때면 나는 산 고갯마루까지 마중을 나가곤 했다. 겨우 하룻밤 자고 일요일 오후가 되면 김치랑 된장 고추장을 짊어지고 16~7세 소년은 머나먼 길을 떠나 굽이굽이 산길 따라 도착한 물그릇도 꽁꽁 얼어붙은 자취방에서 손을 호호 불며 다시 책상 앞에 앉는다. 오빠와 나는 여섯 살 차이다. 자랄 때 오빠는 항상 주머니와 손에는 영어 단어장이나 두껍고 자그마한 책을 들고 있었는데 그 모습이 지금도 눈에 선하다.

3년 동안 자취공부방을 추억의 영상으로 남기고 고등학교는 경북에서 제일가는 대구 경북사대부속고등학교에 지망하였다. 큰 도시 학교로 시험을 보러 가는데 무명베에 검은 색으로 나염한 교복이 얼마나 초라했으면 교장 선생님께서 그의 아들의 옷을 입혀 보냈다. 지금 와서 그 일을 생각해 보니 새삼스레 가슴이 저리다.

그 당시 예천군 내에서 그 학교에 진학한 학생은 오빠뿐이었다고 부모님 주위의 친지들은 바가지 밥을 얻어먹는 한이 있어도 두호는 장래성이 보이니 끝까지 밀어주라는 말에 힘입어 농사밖에 모르던 아버님이 가족의 수입원인 논을 팔았다. 농사만으로는 자식들 교육비 감당이 어렵다는 걸 짐작한 후 장사를 하면 상대방 말대로 성공한다고 믿고 장사길에 나섰다.

땅콩으로 만드는 과자 공장을 시작해 봤지만 실패하고 난 후 소 장사도 하시며 자녀들의 교육비와 생계를 이어가면서 해마다 논밭을 떼어 팔았다. 오빠는 부모님의 학비부담의 짐을 덜어 드리기 위해 밤잠을 줄여가며 피나는 노력으로 고시 준비를 했다. 드디어 사대부고 2학년 때 고등고시 예비고시에 합격을 했다.

대학은 서울대 문리대 정치학과에 합격은 하였으나 등록금 마련을 위해 모 제약회사 사장댁 가정교사로 있으면서 학업과 고등고시 본 고시 준비에 매일 코피가 터진다는 편지내용을 부모님께 읽어드리면서 한없이 울었던 어머님과 오빠의 얼굴이 지금도 교차되며 새삼스럽게 가슴이 메어진다.

우리가 자랄 땐 농촌전답(農村田畓)이 사오십 마지기나 되는 대농이었지만 우리들 교육비로 인하여 돈이 될 만한 곡식은 다 팔고 여름에는 꽁보리밥만 먹고 살아야 했다. 이러한 가정형편을 생각해서 고시 합격을 재학 중에 성취하려고 갖은 노력을 다했다.

졸업 후 군에 입대하면 3년이란 복무기간이 멀기만 해서 학보병이란 특혜의 마지막 케이스로 군에 입대하였다. 제대 후 복학과 동시에 본 고시에 몰두하여 대학 졸업 후 드디어 고등고시 합격의 영광을 안았다. 공무원으로서 첫발을 내딛기 시작한 곳은 국방부 감사과였다

국방부에서 사오년 근무한 후 감사원으로 발탁되어 임무를 수행

하던 중 어찌나 깔끔한 성품에 명명백백하게 사무 처리를 하는지 이두호(李斗護) 감사관은 이두호(二頭虎)라 하여 두 개의 호랑이 머리를 가진 감사관이란 별명이 사회적으로 알려지기도 했다.

감사원 공무를 7~8년간 완수하고 자의(自意)는 아니지만 보건복지부로 승진 전보되어 약 20여 년간 보건복지부 산하 기관을 두루 거쳐 마지막에는 환경청장에 이은 보건복지부 차관으로서 1989년에 공직의 막을 내렸다.

그 후 여기 저기 대학 강단에 초빙을 받아 부푼 꿈으로 사회진출을 앞둔 석박사 과정의 후학들을 지도해 주었다. 서울 학교와 강원도까지 당신 몸 생각엔 아랑곳없이 불철주야 매진하더니 혼자서 식사도 소홀히 하여 30여 년 넘게 앓아오던 당뇨 합병과 약간의 풍기로 인하여 건강을 아주 잃게 되었다.

실명으로 잠시 암흑세상을 살다가 눈 수술 후 약간의 회복으로 큰 사물은 분별하지만 라디오 이어폰만 주야로 귀에 꽂고 계셨다. 또한 수족의 편마비로 혈액순환이 안 되어 한쪽 다리마저 절단하였는데 그때의 고통은 온가족의 수족을 함께 자르는 슬픔과 쓰라림이었다. 그래도 글쓰기를 즐기셨기에 봄을 맞이할 때는 대문 앞에 '입춘대길(立春大吉) 건양다경(健陽多慶)' 이라는 글자를 왼손으로나마 써서 붙여두었기에 나로 하여금 친정 대문 앞에 들어서기 전 오빠가 먼저 반겨주는 느낌이었다.

1974년도에는 우리나라 경제발전에 도움을 주고자 박정희 대통

령의 '잘 살아보세' 라는 구호의 뒷받침으로 가정의례준칙 간소화 법과 공직자 명심보감을 만들어 각계각층에 배포하였다. 내 집 결혼식부터 예식장에서 하객을 유치하지 않고 옛날처럼 가정에서 혼례잔치를 보여줘야 한다고 하여 나는 오빠 집 대청마루에서 족두리를 쓰고 결혼식을 올렸기에 지금 이 나이에도 신부의 새하얀 드레스에 면사포가 한(恨)으로 남아았다. 이렇게 공직자의 청렴도가 지나친 오빠는 축범이란 사회재단 장학회를 만들어 가난한 서울대 학생 외 타 학생들의 학비조달에 힘을 실어주기도 했다.

그뿐 아니라 고아들의 부모역할로 두 명의 청소년을 호적에 입적시켜 돌보기도 하여 보건복지부에 종사하는 입장으로서의 복지정신은 그 누구에게도 거울이 되는 정신적 지주였다.

이런 오빠의 건강이 점점 악화되어 금년(2013년) 10월 13일 밤 12시를 넘기기 어렵다는 전화를 받고 서둘러 중환자실로 달려갔다. 희미한 의식은 있으나 인공호흡기로 인하여 말조차 할 수 없는 얼굴만 바라보며 나는 오빠라고 불러봤지만 실오라기 같은 힘으로 내 손을 쥐어주는 느낌 밖에 다른 응답이 없고 내 가슴만 타들어 가는 아픔과 슬픔을 어이 이루 다 말할 수 있으랴.

대기실에서 가족 모두가 밤을 지새우고 집에 와 전화 옆을 떠날 수 없더니 사흘 만에 오빠는 숨을 거두고 말았다.

사랑하는 오라버님, 부디 고통없는 부처님의 자비 속에서 연꽃 속의 웃음 지으며 극락왕생하소서.

나를 찾아서

팔십 년 풍진 속 희로애락도
이름 석자 남겨놓고 사라졌다.

천고마비 황금들판 뭇새들 노래소리
내 아랑곳 없구나 구름 타고 날아간다.

처자식을 위한다고 백골이 녹았으나
떠날 때는 그 누구도 동행할 이 없구나.

명예와 권력과 부귀영화도
한 줌의 재가 되니 그 무엇이 나였던가?

알몸으로 왔다가 칠팔십년 형상만을
내라고 하였건만 이제부터 참나의

실체를 어느 생에 만나볼까?

흙 속의 보금자리

여름내 온 산을 가득 메운 매미 소리도 어느 날 뚝 그쳤다.

그리 높지도 않은 보라매 북쪽 동산 솔밭 아래의 작은 집은 마치 내가 자랐던 농촌 향교 마을인 듯 되새김질 속에 이사온 지 30년, 희로애락의 세월이 흘렀다.

십 년이면 강산이 변한다더니 세 번도 더 변하고도 남음을 현실은 말해 주고 있다. 이사 온 그 당시 현재 보라매병원 앞 큰길에서부터 아름드리 플라타너스와 아카시아, 낙엽송들의 터널로 간간이 조각하늘만 보였다.

검문소를 지나 깊숙이 들어가면 지금의 기상청 자리에 공군사관학교와 군법당이 있고, 농심 자리에는 공군 수송대가 있어 일반인들의 출입이 통제되고 삼엄한 분위기였다.

지금은 버스길에서 공원 입구까지 키재기라도 하듯이 다투어 가며 우리나라 대기업들의 사옥이 수십 층 빌딩 숲을 이루었다. 아파트, 대형 종합병원, 백화점, 영화관, 모든 금융 기관들로 생활권이 풍요롭기 그지없다.

작아진 공원은 그림처럼 아름답게 꾸며지고, 군데군데 가지각색의 운동 기구가 완비되어 지역 주민들의 휴식공간과 심신 단련의 낙원이 되었다.

이뿐이랴. 머지않아 보라매병원 앞까지 경전철이 들어오게 되었으며 우리 동네 앞에도 보라마 전철역이 생겨 경로우대증 덕으로 어디든 부담 없는 나들이의 즐거움 또한 낙이 아닐 수 없다.

십여 년 전만 해도 다람쥐와 산토끼들은 우리 대문 앞까지 내려와 마당에서 놀던 새퍼드 개가 함께 놀아주고 온종일 날개 치던 꿩과 뻐꾸기, 소쩍새들의 화음도 들리지 않는 옛 이야기가 되고 말았다. 주변 환경에 힘입어 우리 집 역시 넓은 텃밭과 잔디 마당은 재건축 건물에 깔려 아늑하고 평화스럽던 옛 모습은 아스라이 가끔 꿈속에서나 만날 수 있다.

동창생들과 친지들이 우리 집에 오면 산속 절간이 따로 없다며 여름 한철 휴양이라도 즐기자고 하던 앞동산도 산책로를 개방하여 대낮처럼 외등을 밝혀 정적을 깨뜨리고 오만 가지 운동 기구들은 전시장을 방불케 한다.

나는 흙냄새가 좋아 한평생 단독 주택만 고집하며 살고 있다. 뒤란 모퉁이 작은 공간을 지날 때마다 요즘 여성들 좋아하는 황토 찜질방 만들어 다양한 친지와 옛 친구들 불러들여 하얀 밤 지새우며 수다 떨며 즐기고 싶다.

내가 태어나 초등학교 졸업 때까지 농촌 흙집에서 자랐다. 담장도 방 마루 벽까지 밀가루처럼 곱디고운 찰흙가루를 곱게 개서 발라 겨울엔 따습고 여름엔 시원도 했다.

지금도 살고 있는 집은 거실에 나와 소파에 앉으면 사방이 훤히 열려 있어 담장 너머 지나가는 동네 사람들의 들고 나는 모습을 다 볼 수 있고 한 귀퉁이에는 밤새 은구슬 금구슬 주렁주렁 매달린 채소 열매와 함께 무 배추가 솟아오르는 아침 햇살에 반짝이며 반긴다.

대문 지붕에도, 담장 위에도 누렇게 익어가는 호박 냄새와 옥상 위의 빨간 고추 광주리, 안방 창문 앞의 감나무는 한로를 지나 뽀득뽀득 살쪄가는 무게와 색채를 이기지 못해 찢어진 감나무 가지를 잡아매어 주노라면 내 마음도 어느새 함께 물들어 취해 버린다.

작년엔 흉작이라 곶감 50여 개 깎아서 일 년내 제사 때나 썼는데 올해는 두어 접 깎아도 풍족하게 남아 감나무 올려다 보고 다니는 뒷동네 이웃사촌들 실컷 나누어 먹고도 남겠다.

이제는 나이도 나이건만 겨울눈 치우고 가을 낙엽 쓸기도 힘겨워 때로는 살기 편한 아파트를 동경하기도 하지만 금생 인연이 다하는 날까지, 흙 속의 보금자리 지키다 떠나간 산속 친구들 다시 찾아올 때까지 지키며 살리라.

"경" 꽃꽂이 사범 50人集에서

동산, 숲 평화로운 너희들 보금자리

어느 날 갑자기 온 산을 뒤집고 파헤치는 진동소리

놀란 가슴 울부짖고 지금은 그 어디서

화음으로 들려주던 아름답고 처량한

산소리와 향기는 어제가 옛날

(2009. 10. 28)

인연

오늘도 출근 시간이 늦어서 황급히 버스에 올랐다.

아침부터 옷이 땀에 흠뻑 젖는데 차 안은 온통 콩나물시루다.

장위동에서 타고 청계천 동대문 시장까지 가면 겨우 앉을 자리도 나고 여유가 생긴다.

꼭 끼어 서서 올 때부터 매달린 내 손 뒤를 잡고 있던 키 크고 선글라스 낀 미남 아저씨가 나에게 자리를 양보하며 앉으라고 권한다.

한 정거장 더 가서 옆자리가 비어서 나란히 앉았다.

나에게 뜬금없이 불자냐고 물으며 어느 사찰에 나가느냐고 묻는다. 자주는 못가지만 가끔 도선사에 간다고 했더니 자기는 장위동 월계초등학교 앞 여래사에 있으니 일요일에 놀러오라고 한다. 늦은 출근을 마음조이며 가서 할 일을 생각하면서 몇 마디 주고받는 동안 어느새 미도파 앞에 내려 직장으로 들어갔다.

그 사람이 내가 불자임을 어떻게 알고 불교 믿느냐고 물었을까? 아무리 생각해 봐도 수수께끼다. 일에 열중하느라 잊고 있다가도 문득 한 번씩 키 크고 멋지게 생긴 그 사람이 누구일까 궁금해진다.

몹시 더운 어느 날 갑자기 단발머리를 한 여학생 손을 잡고 반도 아케이드 민예품 가게 앞에 그 사람이 나타났다. 언제 어디선가 본 듯한 사람이라 올려다보며 들어오라고 했다. 무엇이 필요하냐고 물었지만 그냥 구경만 하러 왔단다.

종업원 아가씨가 시원한 콜라 두 잔을 내놓았다. 마시고 난 후 입을 열었다. 2주 전 출근 차 버스에서 만났던 사람이라고 했다.

어떻게 알고 왔냐고 하니까 여기가 들러보고 싶어서 지나가다 내가 눈에 띄어 보고 있었다고 했다.

그 후 나는 점점 더 그가 궁금해지기 시작하고 한 번 더 보고 싶어진다. 아니나 다를까. 모르는 남자로부터 전화가 걸려왔다. "누구세요?" 물었더니, "일전에 가서 시원한 음료수 대접을 받고 고마워서 오늘은 제가 차 한 잔 대접하려고 지하다방에 와 있으니 퇴근 후 내려오세요. 기다리겠습니다"라며 전화를 끊었다.

일을 끝내고 두근거리는 가슴을 안고 지하다방으로 내려갔다. 조용한 한쪽 편에서 그 남자가 일어서서 손을 흔들며 반긴다.

차를 시켜 놓고 명함을 꺼내주었다. 살짝 보았더니 XX대학 그리고 XX고등학교 교법사라는 명함이었다.

은근히 호기심이 불타기 시작한다. 그 후 얼마 동안 소식이 없었다. 궁금함과 동시에 또 다시 보고 싶고 혼자 일없이 있으면 그 사람의 전화가 기다려진다.

슬며시 명함을 꺼내어 먼저 전화를 해 보려고 몇 번이나 수화기를 들었지만, 자존심과 부끄러움에 용기가 꺾이고 만다.

그러던 어느 날 또 반도아케이드 아래 실버룸에서 기다리고 있다기에 반갑고 기쁨에 벅차 빨리 일을 마치고 만나서 저녁식사를 하러 갔다. 서로가 서먹서먹한 지라 별로 할 이야기도 없거니와 사생활 이야기는 꺼내기 싫어 일체 말없이 있다가 뜬금없이 "왜 결혼을 하지 않았느냐"고 묻기에 "글쎄요, 인연이 아직 도래하지 않았겠죠"라고 답했는데 내 말 끝에 그는 무슨 생각으로 뭔지 의미 모를 웃음을 빙긋이 웃기만 했다.

그 후 우리는 사흘이 멀다 하고 자주 만나 결혼을 전제로 사귀게 되었다.

버스에서 처음 본 후 100여 일 정도 된 추석 명절날이었다. 오빠 가족들 모두가 수원 농장의 부모님께 가고 나 혼자 집을 지키고 있을 때 그에게서 산에 놀러가자는 전화가 왔다. 집이 비어 못 나가니 우리 집으로 오라고 했다.

그는 내가 노처녀로서 부모님도 형제도 없이 홀로 있는 줄 알고 얕보고 있지나 않을까 생각하고 숨겨온 가정환경과 가족 관계 등

은근 슬쩍 속마음을 보여주고 싶은 야심으로 집에 오라고 한 것이다.

우리 집을 다녀간 후 즉시 그는 결혼 운운하였다. 그러면서도 화끈하게 하지 않는 태도는 무엇일까? 아무리 궁리를 해 봐도 정답을 알 수가 없었다. 오히려 내가 적극성을 띨 수밖에. 오빠께서 그에게 호적등본과 주민등록증을 보여달라고 했다. 그랬더니 조금도 주저 없이 경력서, 이력서 등등 일체를 갖다 주었다. 오빠는 사람 똑똑하고 훌륭하다면서 네가 어디 가서 이런 사람을 찾겠느냐며 결혼을 허락하였다.

그래도 그는 결혼할 준비엔 걱정도 없이 내일이 결혼식 날인데 다락에서 자기 짐을 끌어내며 어디론가 가버리겠다니 복창이 터질 지경이다. 우리의 만남은 두 사람의 자유였지만 헤어지는 일만큼은 부모 형제 앞에서 해결해야 한다고 방바닥이 뚫어지도록 두들기며 울고 있으니 그때서야 그가 하는 말, "스님으로서 어떻게 여러 사람 앞에서 혼례를 올리는 그런 모습을 차마 보일 수 있겠는가"라고 사과를 하며 잘못을 빈단다.

밤새 울고 잠도 설쳐 눈꺼풀이 내려앉아 무거운 눈에 얼굴 화장도 하는 둥 마는 둥 찍어 바르고 둘이서 친정에 가 혼례식을 마치고 신혼여행은 생략했는데 시누이들과 동서들의 환영은 이루 다 말할 수 없었다. 불혹의 나이가 되도록 스님생활에 물든 혈육이 늦게라도 짝을 찾아 신혼생활에 들게 되니 시댁 가족들의 기쁨은 당사자들보다 배나 되었다.

결혼으로 남편이 된 그는 가정이란 보금자리 속에서 안정을 찾고는 학업에 끊임없는 노력을 하여 석박사 학위까지 취득하며 후학 양성에 매진해 왔다.

1995년 교직에서 명예 퇴임을 한 후 일반 성인 재가 불자들을 위한 불교대학을 서울과 부산, 천안 등지에 설립하여 주말마다 더 바쁜 삶을 낙(樂)으로 삼으며 부처님 은혜에 보은하고 있다.

인연이란 참으로 묘한 것이다. 자신이 만들고 자신이 받아가지는 것을, 그 누구를 위함도 탓할 수도 없는 것이 인연법인 줄 비로소 깨닫게 되었다.

우리 인연이야말로 우연히 8시 통근 길에 버스 안에서 첫 만남이 이루어졌는데 평생을 함께하는 인연이 될 줄이야. 옛말에 어떤 차든 비행기든 함께 타고 가는 것에서 만남은 함께 가는 인생길이라 오래 간다는 말도 생각난다.

소매만 스쳐도 500생의 인연이라 했거늘 우리의 부부 인연은 천만억 겁의 인연이라 우리는 세세생생 함께 하리라.

선연(善緣)과 악연(惡緣)

요즘 꽃잎 피고 만물이 소생하는 계절을 따라 대문 앞 편지함에는 오늘도 결혼 청첩장이 들어 있다.

얼른 눈에 들어오는 봉투의 이름이 친구의 세 번째 아이의 결혼식이다. 은근히 시기심이 난다.

남의 자녀들은 모두 저희들끼리 짝을 잘도 찾는데 우리 집 외아들 놈은 서른 살이 넘도록 장가갈 생각도 않고 있으니 결혼식장 가면 언제 장가보내느냐는 인사 받는 것도 씁쓸하기만 하다.

좋은 소식 있기를 오매불망하던 어느 날 아들로부터 반가운 전화가 왔다.

"엄마 오늘 여자 친구를 우리 집 앞 커피숍에 8시까지 데리고 갈 터이니 나오세요."

너무나 벅찬 가슴은 마치 내가 남편을 처음 만날 때의 기분이다.

빨리 보고 싶은 새아기의 얼굴을 상상하면서 장롱 안의 옷을 이것저것 입어보고 미용실에 가서 머리도 잘 다듬고 설레는 가슴으로 약속 장소에 갔다.

먼저 와서 나란히 앉아있던 아가씨가 일어나서 첫 인사하는데 키가 크고 날씬한 몸매부터 목소리와 얼굴 생김생김이 썩 마음에 들어 첫눈에 반해 버렸다.

배우나 탤런트 이상으로 예쁜 얼굴이며 한 군데도 성형으로 손대지 않은 순수미와 샛별처럼 반짝이는 눈빛, 그리고 어른 앞에서 자신의 위치를 너무 잘 알고 있는 언행(言行)이 더욱 더 매력이 넘쳐 보인다.

그런 연후에 얼마나 지나도 결혼 얘기는 없고 저희들끼리 만나 밥 먹고 영화 보러 다니며 주말이면 놀러다니는 눈치다.

그냥 보고 있을 수만 없어서 아들을 볶았다.

"언제까지 연애질만 하고 놀 테냐? 양가 부모들 상견례라도 하고 결혼을 해야지 부모 나이가 칠팔십이 낼 모레인데 무슨 때를 기다리고 있느냐?"

이렇게 짜증을 부리자 주말에 다들 만나기로 했다고 한다.

드디어 상견례 장소로 이름난 강남 어느 분위기 좋은 자리로 안내되었는데 이 나이 되도록 처음 맛본 첫 혼사의 체험이다. 며느리감의 부모는 너무나 젊어서 사돈끼리의 분위기는 어색하기만 했다.

보시다시피 우리는 나이가 있고 자식이래야 외아들이니 결혼을 서둘러야 하겠다고 말하고 겨울이나 지나면 설 세고 바로 예식을 올리도록 약속하고 헤어졌다.

2007년 3월 18일, 결혼식 날을 받아 놓고 나니 무거운 짐을 벗어 놓고 양쪽 어깨에 날개가 달렸다. 혼인 예물은 간소화하기로 하였지만 오래 전부터 간직해 오던 나의 모든 것을 다 주어도 모자라 안타까움만 남는다.

받아 놓은 날이 빠르기도 하다. 준비하느라 서성이다 보니 어느새 결혼식 날이다.

꽃샘추위가 막바지인데 신부처럼 온화하고 쾌청한 일기가 한 부조 더한다. 인산인해를 이룬 하객들의 축복을 받으며 아들 부부는 신혼여행을 떠났다.

일 년이 지나고 나니 손주가 욕심난다. 새아기에게 말을 할까 말까 망설이던 차에 임신한 눈치가 엿보여 물어봤더니 부끄러움을 감춘다.

입덧도 심하지 않더니 우리 생에 최고의 선물인 손자를 순산하여 온 세상을 다 얻은 기분 어떻게 말로 다 표현하리.

그 뿐 아니라 일 년 후 손녀를 안겨준 기쁨은 그 배나 되었다.

하늘에서 내려준 복(福)이 따로 있을 리 없다.

천동천녀가 이다지도 아름다울 수 있으며 천상화가 이렇게 예쁠 수 있을까. 꽃중에 꽃이 아기들이며 금은보화가 이보다 더 귀한 보배일까?

할아버지는 손자 손녀 이름을 짓고 각자 도장을 새겨 장차 학비 통장을 조금씩 넣어 주면서 20년 후에 대학 유학 갈 때 저승에 계신 할아버지가 맡겨둔 것이라고 부탁했다.

인간사(人間事) 인연(因緣)이란 신기하고 묘한 것임을 아들 혼사를 지내면서 새삼스럽게 마음을 열어본다. 결혼식을 앞두고 새살림용 가구를 들여오면서 사돈 내외가 우리 집에 들렀다. 소파에 앉아 벽에 걸린 남편의 사진을 바라보며 혼자서 빙그레 웃으면서 저 사진 언제 것이냐고 묻더니 자신이 대동상고 다닐 때 제자였다고 말하는 것이 아닌가. 그 순간 모두들 놀란 표정이었고 그 분위기는 참으로 미묘해서 나름대로의 상상은 영원토록 간직되리라.

또 새로운 사실은 아들의 인연을 맺어준 은인은 타인이 아닌 바로 친정 조카다. 조카가 서너 살 때의 일이다. 친정 가정 형편상 잠시 내가 기르고 있을 때 나는 남편과 연애 중이었다.

남편은 우리 집에 와서 조카를 보더니 내가 낳은 애가 아니냐고 의심을 하기도 하여 잠시 우리의 사이가 썰렁해지기도 했었다.

그런 연유로 남편은 세상 인연이란 참으로 신기하다면서 "당신이 잠시 길러준 은혜를 아들 의 영원한 짝을 찾아 며느리 인연을 맺어주는 것으로 빚을 갚는다"라고 지금도 말하고 있다.

지금까지 며느리는 어린 손자들에게 어른 공경하고 보필하는 언행을 저부터 먼저 보이며 아이들 효행을 가르치니 불혹의 나이로 버릇 없던 외아들까지 함께 배운다.

이렇게 선한 인연으로 만나 행복을 누리는가 하면 악연으로 맺어진 인연들을 보면 마음에 상처가 된다. 가끔 신문이나 TV 방송에 보도되는 존속살인사건과 친지와의 법정 투쟁 등으로 비화되는 끔찍한 사건들은 악연으로 빚어지는 세상사라 하겠다.

그렇다면 과연 악연은 결코 풀 수 없는 숙명인가?

아인슈타인의 일반 상대성 이론에서 시간과 공간은 뉴턴의 물리학에서 고정불변이란 것이 아니라 관측자와 물질세계의 운동에 따라 달라지는 상대적인 개념이란 이론을 보고 느낀 점은 우리가 맺어온 인연도 부처님전에 지극정성으로 간구하면서 선행을 하면 악연도 선연으로 바꾸어질 수 있지 않을까 하는 생각이다.

그러니 악연을 여의고 선연을 만나 행복하게 살려면 항상 마음을 점검하면서 복 받을 일만을 일궈나가야 하리라.

어떤 귀가

남편의 따가운 눈총을 받으며 살며시 집을 빠져 나왔다.

형편상 잠시도 집을 비울 수 없는 처지인데 2박 3일간의 외출은 난생 처음이다.

그러나 주인공 입장이라 아니 갈 수도 없는 형편이라 용기를 냈다. 집합 장소에는 낯선 두 사람이 땀을 씻고 있기에 행여 이 장소가 아닌가 싶어 물어봤더니 같이 가는 일행이란다.

십여 분 후에 낯익은 사람들이 하나둘 모여들기 시작했지만 우리 보람문우회 회원들은 보이지 않더니 맨 나중에 꽃다발을 안고 나타났다.

어릴 때 소풍이라도 가는 것처럼 모두들 배낭을 메고 간단한 복장으로 차에 오르는데 나는 시상자랍시고 새로 산 정장차림을 하고 있어, 일행과 어울리지 않는 분위기가 무척 어색하기만 하다.

　집에서 바삐 서둘러 나오느라고 물 한 모금도 마시지 못한 탓일까 허기가 진다.

　버스 안에서 김밥 한 덩이와 먹는 음료수는 그 어디서도 맛보지 못했던 진미 중 꿀맛이다. 모처럼 동아리끼리들은 이런 나들이가 신이 나서 어린애들처럼 왁자지껄하고 함박웃음에다 이야기보따리가 풀어져 온통 버스 안은 소음으로 넘쳐난다.

　어느새 목적지에 도착했다. 행사장 바로 앞에는 시원한 바다가 그림처럼 펼쳐지고 철썩이며 밀려오는 파도는 고향에서 어머니가 마중이라도 달려나오는 듯 앞으로 다가온다.

　잠시 땀을 식히고 방 배치를 받은 후 여장을 풀고 행사장으로 갔다.

　특별히 마련된 신인상 수상자석에 내 이름 석자가 단상 맨 앞좌석에서 얼른 눈에 들어온다.

　오늘 신인상을 받고 나면 문인으로서 계속 활동해야 할 생각을 하니 어깨가 움츠러들고 긴장이 되어 등에서 식은땀이 흘러내린다. 마치 어린 새색시가 혼례청에 나가는 기분이 아닌가 싶다.

　무엇보다 사회자의 말이 시인이니 문인이니 작가라고 호칭한다. 듣기가 너무 거북스럽기만 하다. 언제쯤이면 그러한 말을 들어도 거부감 없이 익숙해질 수 있을까?

　오랜 세월 글과 더불어 살아온 대덕문인들과 대선배들을 보면서 나는 자신감을 잃고 좌절의 교차로에서 멍하니 초점을 잃고 앉아 있었다.

그때 마침 사회자가 수상자인 내 이름을 호명하는데 깜짝 놀라 앞으로 나갔다. 보람문우회 지도교수님으로부터 상패를 수여받고 열심히 하라는 격려와 축하의 말씀이 지금도 귓전에 맴돌며 채찍을 가하는데 숙제 안 하고 있는 부담감으로 온몸이 아직도 무겁다.

행사는 순조롭게 진행되어 오전에는 수필창작 강의가 있었고, 오후에는 김 교수의 〈수필의 반성과 전망〉이란 주제로 강의가 이어졌다.

그리고 윤 선생의 강의중 '수필은 마술이다' 라는 내용은 매우 재미있었다.

정 교수의 〈너무 쉬운 수필 작법〉이란 강의는 친절하면서 또 확실한 기법을 전수하여 걸음마를 하는 신인들에게 큰 도움을 주었다.

그리고 맨 나중에 진행된 경기대학교 이 교수의 강의는 처음부터 끝까지 우스갯거리로 욕설 아닌 욕지거리를 곁들인 명강의로 늦깎이 본인의 글쓰기 입문에 대한 너무나도 진술한 체험담이었다. 지금까지 일궈온 나의 글밭에서 잡초를 송두리째 제거해 주었고 창작의지에 밑거름이 되었다.

진지한 네 시간의 수업이 끝나고 점심시간은 전국에서 모인 낯선 사람들이라 자기네 동아리끼리 평가를 하며 변산의 진미 백합탕과 전라도 진미에 입맛을 다시며 다시 오고 싶다고 입을 모았다.

오후에는 자유 시간이다. 어디를 가도 선배들 뒤를 따라다녀야 배울 게 있고 하여 몇 명이 모르는 사람들 틈에 끼어 귀동냥을 빌어서 그냥 따라간 곳은 적벽강과 내소사이다.

여태까지 보지 못했던 붉은 자색 반석이 물 밑에 아름답게 깔렸고 건너편에는 수많은 책들을 쌓아 올린 듯한 암석들은 자연의 신비를 뽐내고 있었다. 그뿐이랴. 석양 아래 빽빽이 모여 있던 사람들은 일몰을 지켜보다 마지막 순간 환호성을 터트린다.

도심에서 찌든 오염물을 황홀한 일몰에 실어 털고 나니 내 가슴도 석양에 함께 붉게 물들었다.

무심코 따라간 곳은 이름만 들어 본 내소사란다.

아름드리 고목들은 천년의 고찰을 늠름히 지키고 있는 사천왕처럼 믿음직스럽다.

대웅전은 신라 선덕여왕 2년에 창건된 이래 중건된 후 지금은 유명한 국보 백거 묵서 묘법연화경을 소장하고 있다고 알려져 있다.

법당에 들어가 참배만 하고 바쁜 일정 때문에 빠른 걸음으로 숙소로 돌아왔다. 모든 일정이 끝나니 집안 걱정과 신변처리가 안 되는 딸아이와 이번 나들이에 시큰둥한 반응을 보인 남편의 얼굴이 뇌리를 스쳐간다.

집에서 나올 때 1박만 하고 귀가한다고 일방적으로 통보하고 나왔던지라 전화를 걸었다.

상대방에서 수화기 드는 소리에 내가 먼저 "여보세요, 여보세요"

하고 대여섯 번 불러도 수화기만 내려놓는 소리뿐 응답이 없다.

약속을 어긴 탓에 화가 났음이 틀림없다. 출발 직전 또 한 번 걸었다. 역시 대답이 없다.

차창 밖으로 굽이굽이 산길을 돌며 바라다 보이는 시골 풍경에 마냥 몇 날 며칠 차를 타고 모든 시름을 잊어버리고 싶다.

하지만 화가 나 있을 남편과 딸아이가 생각나 가슴이 조인다. 귀가 도중 곰소에서 여자들은 내려서 자나 깨나 살림걱정으로 김장 때 쓸 젓갈을 사느라 야단이다. 이들 따라 나도 밑반찬 거리 몇 개와 액젓 한 통을 사서 배낭에 넣었더니 내게는 무리다.

마지막 휴게소에서 또 전화를 걸었다. 짐이 있으니 사당역까지 아들 좀 마중 보내달라고 부탁하려 했지만 말이 채 끝나기도 전에 끊어 버린다.

별 수 없이 버스가 목적지까지 도달하도록 좁은 가슴은 방망이질만 해댄다. 집에 들어가 남편에게 어떻게 대처할까? 이 궁리 저 궁리를 했지만 변변한 답도 얻지 못한 채 사당역에 닿았다.

등에는 배낭을 메고 손에는 짐을 들고 현관에 들어서니 남편은 마침 자주 왕래하던 신도 두 분과 마주앉아 시원한 맥주잔을 기울이고 있는 게 아닌가.

짐을 벗어놓고 남편 앞에 다가가 합장하고 엎드려 "죄인 염려해 준 덕분에 잘 다녀왔습니다" 라고 큰절을 했더니 노 보살님이 껑충 껑충 뛰면서 손뼉을 쳐가며 깔깔거린다.

"옳지 옳지" 잘한다며 어디서 그런 지혜가 나더냐고 온통 야단이다.

다시 양팔로 남편의 목을 감으며 "화났어요?" 하고 멋쩍은 아양을 부리자 남편의 이마 위에 자리잡은 세 줄의 갈매기는 흔적 없이 사라지고 남편의 습관적인 침묵 작전은 무너지고 말았다.

마음으로부터 부부간의 사랑은 이런 것인가 하고 되새겨보니 과연 우리 부부간의 인연은 어떻게 하여 맺어졌는지? 다시금 생각하면서 인연은 사문을 성립시키는 기원으로서 인과 인을 도와서 과를 맺게 하는 힘이라 하는데, 당신이 보여준 오늘의 사랑을 깊이 새기면서 살아가리라 다짐해 본다.

성지순례(인도)

찬란한 인더스 문명을 꽃피우고 전 인류의 대스승이며 불교인들의 교조(敎祖)인 석가모니께서 출현한 거룩한 땅 인도 탐방이다.

부처님의 숨결을 느껴보고 자취를 더듬어 보고자 먼저 아그라 성과 타지마할 묘당(廟堂)을 찾았다.

샤자한 황제가 왕비의 죽음에 따른 간절한 애모의 집념으로 인하여 왕 자신도 비극으로 생을 마감하고 22년이란 장구한 세월에 걸쳐 천문학적인 비용과 수만 명의 피와 땀으로 이루어졌다는 애달픈 사연을 간직하고 있는 황홀한 묘당이다.

우리나라 궁궐처럼 오묘한 운치는 없지만 그 당시 인도의 번창함을 가늠할 수 있는 석재 문화유산으로 감탄을 자아낸다.

오늘의 인도 수도 캘커타에는 기차역이나 호텔 등 시내 거리마다 큰 보자기 하나로 머리에서 발끝까지 둘러쓰고 아무 데서나 누워 자는가 하면, 맨발로 '원 달러' 라 외치며 관광객의 뒤를 좇는 걸인들의 성가심은 당할 길이 없다.

저렇게 살고 있을 바에는 차라리 소로 태어나는 것이 행복하겠다는 생각이 들었다.

사람보다 소가 우선인 이 나라에서는 차량이나 인력거를 타고 사람이 지날 때에 소떼가 몰려오면 다 지나갈 때까지 서서 기다려야 한다.

어디서 보아도 소들은 반들반들 살이 찌고 늠름해 보이지만 길바닥에 늘어서 있는 사람들은 씻지도 않고 사는지 새까만 손과 꼬질꼬질한 얼굴을 보여 동물만도 못한 모습이라 마음이 아팠다.

지금의 인도는 힌두교가 국교이다. 2500여 년 전 부처님 재세시(在世時) 불교문화와 문명을 꽃피웠던 전성기의 역사를 배반한 연고로 거지왕국이 되지 않았나 싶을 정도로 가는 곳마다 걸인들이 눈에 밟힌다.

세존 당시 가장 중요한 설법도장인 기원정사로 참배하러 갔다. 그 당시의 융성함을 말해 주듯 건물들의 기반만 즐비한 벽돌로 줄지어 있을 뿐 폐허된 그 당시의 웅장함을 상상하며 설명을 듣고 있던 순례객들의 울음이 일시에 터져 나왔다.

허전함을 뒤로 하고 부처님 탄생지인 네팔 룸비니 동산으로 향했다. 비포장도로인지라 노보살님들의 고생은 너무도 심했다. 가는 도중 화장실이 없어서 길가 아무 데서나 볼 일을 봐야 하기 때문에 여행준비물에 있어 폭 넓은 치마는 필수였다.

부처님께서 오늘에 이르기까지 중생구제를 위해 법을 전하고자 고행하심을 생각하며 성지순례의 어려움을 기쁨으로 찬미하며 꿈에 그리던 네팔 룸비니 동산에 도착했는데 동시에 우리는 그만 실망으로 한숨만 토하고 말았다.

무수나무 가지를 잡고 부처님이 탄생했다는 룸비니 동산은 아름답기는커녕 잡초가 우거진 들판을 연상시켰고, 나무 주변에는 중앙에 불상은 모셔졌지만 무당들이 복을 비는 신당처럼 빛바랜 오색 형겊 나부랭이들이 줄레줄레 매달려 바람에 나부낀다.

성스럽게 가꾸어 관리해야 할 성지를 이렇게 방치해 두고 전 세계 불자들의 성지순례가 웬말인가? 우리는 무수나무 둘레를 돌면서 "석가모니불, 석가모니불!"을 목이 터지라고 외치며 하염없이 정근(定根) 상태로 흐느꼈다.

삼천대천세계를 덮어도 다함이 없는 인류의 스승 대성인의 탄생지이며 불교의 발상지인 인도땅 전역에 메아리쳐 새롭게 불법이 부활하도록 발원해 본다.

네팔이라고 하면 선뜻 히말라야 산을 떠올린다. 그러나 버스를 타고 종일 누비고 다녀도 산은 보이지 않고 끝없이 넓은 벌판의 연속이다. 북으로 갈수록 농사도 짓고 주택도 즐비하며 새로운 건축도 계속하고 있다.

우리가 보고 온 인도와는 달리 사람들도 깨끗이 옷과 신발도 갖추고 살고 있다. 네팔 관광객은 거의 대부분이 티베트 승려들이다. 가사장삼에 맨발 차림으로 오직 구도정신만이 묻어나는 얼굴 표정과 차림을 보고 있노라면 시공을 초월한 부처님 당시가 연상된다.

티베트 스님을 보고 어디를 가느냐고 물어봤더니 히말라야 등반 고행을 하려고 왔다고 한다.

성지순례를 거의 마치고 갠지스강 일출과 다비장 관광을 갔다. 새벽 6시도 채 되기 전 짙은 어둠 속에서 죽은 사람 화장하는 냄새가 코를 찌른다.

검은 연기 속에서 홑이불 같은 천으로 몸을 두르고 상주는 슬픔의 몸부림을 치는데 화부는 긴 장대로 시신을 굴려가며 태우는 광경은 마치 돼지나 개를 끄슬려 굽는 듯한 모습이어서 너무나 안타까웠다. 화장이 끝난 다음 잿더미를 그냥 강에다 쏟아 붓는다.

동서양 관광객들은 그 강물에 들어가 국부만 가리고 성수로 목욕을 해야만 모든 죄를 씻어버린다고 무슨 주문을 외우며 정신없이 몸에다 그 물을 퍼붓는다. 그뿐 아니라 그 물로 그릇도 씻고 빨래하며 양치질까지 하는 광경을 보니 반야심경에서 불구부정이란 법귀가 떠오르기도 했다.

새빨간 태양이 솟아오른다. 우리 단체는 물고기를 사서 작은 고깃배를 타고 강에 나가 방생하면서 다비장을 향해 '나무아미타불'을 외우며 정근을 일념으로 하다 보니 하염없이 눈물이 쏟아졌다.

비록 문명과 문화의 혜택을 모르고 한 세상 살고 갔지만 좋은 나라에 태어난 것도 전생에 선업 쌓은 공덕이라는 인과법을 인도에 와서 다시 공부하게 된다.

다비장 뒤에는 돌부처처럼 앉아 구도의 세계에서 정신을 불태우는 참선객들이 여기 저기 눈에 들어온다.

'인생무상을 깨닫고 본 고향을 찾아가겠지.'

계획하고 온 성지순례 일정이 막을 내리고 고국행 항공기를 캘커타 공항에서 탑승했는데 불과 1시간 만에 기체가 마구 좌우로 흔들리고 요란한 소리가 나더니 제동장치에 고장이 생겼다며 방콕공항에 착륙했다.

다음날 아침 우리는 여행 일정에도 없는 화려한 에메랄드 사원을 참배하였고 만 24시간 만인 밤 12시에 동경까지 오는 항공기를 타고 이튿날 아침 동경에 도착하였다. 하지만 서울 오는 비행기 예약이 되지 않아 대기하게 되었는데 또 운 좋게 일본 나리타 신승사에 갔더니 마침 신승사 500주년 기념행사 준비와 춘분절 경축행사로 도량 전체가 너무나 깔끔하고 아름답게 정돈되어 들뜬 마음이 숙연해진다.

비행기 고장으로 이렇게 무사히 보너스 관광까지 하게 되었음은 참다운 성지순례의 부처님 가피가 아닌가 싶다.

내 고향 용궁(龍宮)

태백산 줄기를 타고 힘찬 강물이 안동을 지나 예천 용궁으로 흘러서 지나간다.

강 건너 앞 산자락에 우리 부모님을 모셨는데 며칠 전 뒤따라 오빠도 옆자리에 나란히 영면에 드셨다.

내 고향 뒷산은 나즈막한 그림 같은 동산에 포근하게 우리 집을 감싸 비바람을 막아주는 전형적인 풍수지리의 요지 향교 마을이다. 인간은 모두 고향을 그리워한다. 그래서 귀거래사(歸去來辭)를 읊은 것이 시인 묵객의 향가라 생각한다.

나는 시인도 아니고 철학자도 아니다. 다만 문학을 사랑하여 수필을 쓰는 한 점의 대열에 끼어 있는 사람이다.

고향을 누구보다 사랑하고 태어나 초등학교를 졸업할 때까지 잔뼈가 굳은 정든 곳이고 부모님과 오빠가 선산에 누워 우리의 생가

를 항상 건너다보고 계시기에 더더욱 애정이 간다.

용궁이라는 지명을 가진 고향은 지구촌에 흔치 않으리라 생각된다. 낙동강 상류에 회룡포를 만들어 굽이쳐 흐르는 힘찬 물줄기는 용궁의 향교 마을 앞을 지나 흘러가는 풍경은 천하일색이다.

그래서 예천군 용궁에 준수한 인물이 많이 출범한 것도 기억에서 사라지지 않는다.

한반도 3대 장안사(長安寺) 중 하나인 용궁의 비룡산(飛龍山) 장안사가 있기에 향교 마을을 지켜 주었다. 그래서인지 선대 조상님 할머니로부터 신앙 불심을 전수받아 인생의 좌우명이 되어 왔다. 농경 문화가 발달한 우리 배달민족은 목화를 따서 실을 뽑고 무명을 짜 흰옷을 만들어 입고 팔월 보름 한가위나 새해 설 명절이 되면 이웃과 온 동네 수십 여 가구가 형제처럼 모여 윷놀이와 널뛰기시합을 하며 서로의 음식을 들고 나와 배불리 먹고 밤새도록 도란도란 나누는 이야기꽃 속에 정(情)이 물씬 풍기는 곳이 내 고향 용궁이다.

전설 같은 물속의 용궁에서도 내 고향을 부러워할지도 모른다. 시절의 우여곡절 속에서도 인심이 변할 줄 모르는 소박한 내 고향 인심, 그 곳에 가고 싶은 마음이 부질없는 인생무상이련가? 아들 손자들은 제 고향이 달라 어미의 고향을 모른다. 고향이란 오직 나만의 고향일 뿐이다. 회귀(回歸)의 본성이 만물의 속성이라 하면 이를 가르쳐 준 물이 돌고 도는 회룡포의 강물은 내 고향 용궁에만 있는 천하제일의 명승지이리라.

우리 부모는 이곳 마을의 주인이고 저승에서도 향교를 지키고 계시리라.

늦깎이의 글공부

모 처럼 나만의 시간을 가졌다.

남편은 외국 여행길에 나섰고 내 한 손으로 두 사람 몫을 하며 20여 년을 함께 한 중증 장애아 딸아이도 도우미와 함께 외출이다. 오늘 낮 동안은 온 세상을 다 얻은 기분이다.

국어사전과 유명 작가들의 수필집, 문학전서 등등 원고지와 함께 여러 가지 색 연필을 잔뜩 늘어놓고 필을 들어 본다.

남달리 살고 있는 삶인지라 내 생에 자서전 한 권 쯤은 꼭 남기고 가야겠다는 꿈으로 문화센터에 나갔다.

첫 시간 강의 내용이 나를 향해 내 맘을 읽는 듯한 선생님 말씀에 당장 등록을 하고 이제부터 시작해 보기로 결심했다.

강의 듣고 남의 글 평가하는 것을 배우게 되니 즐겁고 재미있는데 도무지 나는 글이 나오지 않는다.

몇 시간을 빈 가방만 들고 가 남의 글 잘 되고 못된 것 지적만 하는데 고개만 끄덕이며 웃기만 하고 있자니 쑥스럽기도 하고 문우들에게 미안하기도 했다. 선생님은 마침 시선을 나에게 돌려 글 써오기 숙제로 '남과 여'에 대해서 한 작품 다음 주에 발표하라고 한다.

한 주 동안 밤낮 생각, 생각해서 써 가지고 나갔다. 난생 처음으로 마이크를 잡는 순간 손은 왜 그리 떨리는지, 목소리도 메이고 얼굴은 화끈거려 큰 죄나지고 봉변이나 당한 것처럼 어떻게 읽었는지도 모르게 낭독하고 단상에서 내려와 빈 자리에 앉고 보니 황당하게도 내 자리가 아니었다.

선생님은 냉정히 꼬집어 가며 평가를 잘도 해 주시며 내용이 반정도 밖에 건질 게 없단다. 이런 창피는 두 번 다시 받아서는 안 되겠다는 결심으로 하루에 책 한 권은 읽고 무슨 제목이든 써봐야겠다는 욕망이 불같이 솟구치지만 그것도 잠시, 환경이 허락치 않아 작심삼일로 그냥 접기로 했다.

워낙 독서의 밑천이라곤 학창시절 아니면 결혼 전에 몇 권의 책만 읽어본 기억 밖에 없으니 이 나이에 무슨 글을 쓴다고 자신의 수치만 공개하러 나온 것 같다.

그럭저럭 수필교실에 나다닌 지도 두 돌이 되었다. 이제는 어떻게 쓰는 것이 수필인가 어느 정도 터득이 되었다. 형식 없이 사실 그대로를 옮기는 솔직성의 고백문이라지만 초보자 입장에서 생각

하면 상식의 기준을 벗어나야 창의력이 계발되고 좋은 작품이 된다는데 신변잡기로서 웬지 나체가 되는 듯 자신이 없다.

그래서 내 글은 덜 익은 과일처럼 시고 떫고 풋내만 난다. 언제나 무르익어 달콤 상콤한 글이 될 수 있을까?

유명한 글쟁이가 되길 바라는 것은 아니고 그저 한평생 살아온 넋두리나마 우리 가문 후손들에게 남겨주고자 고령에 용기를 내본 것이다. 벌써 같이 입학해서 지도를 받았건만 동료 세 명은 등단을 한다. 아직 나는 부럽지 않았다. 글공부를 시작한 동기나 뜻이 다르기 때문에 어느 정도 부끄럽지 않은 글이 된다면 습작한 글 간추려 모아서 살며시 한 권 엮어보리라는 것이 내 소박한 꿈이다.

이순을 앞에 둔 지금도 혼자만의 외출을 못마땅하게 여기는 남편의 시선을 피해 그의 귀가시간이 되면 펼쳐놨던 책이랑 습작하던 종이쪽지를 말끔히 치워 공부한 흔적도 남기지 않는다. 컴맹인 나는 틈틈이 끄적여 놓았던 원고를 아들의 손을 빌려 글 좀 뽑아달라고 사정을 하면 이게 무슨 글이냐고 핀잔만 듣는다.

"그래 훌륭한 아들 덕 좀 보자. 아름답고 흥미롭게 감동 주는 세련된 글 네가 좀 고치면 베스터셀러 작품이 될 텐데" 라고 온갖 칭찬을 다하며 사정한다.

2년 동안 교수님 문하생들의 출판기념회나 연말 시낭송회, 시화전 등 여기 저기 문학행사에 참석도 하고 보니 문학의 진가와 문단의 흐름이 어떤 것인지도 어렴풋이 알게 되었다.

아직도 내게는 등단 작가니 문협 회원이니 하는 칭호는 몸에 맞지 않는 빌려 입은 남의 옷처럼 어색하기만 하다.

나는 어디까지나 늦깎이의 글공부 인으로 남 몰래 키워가는 내 작은 꿈은 나만이 열고 닫는 보물상자다.

마음

내 마음이 심히 아프다. 그 누구도 아픈 내 마음을 알지 못한다. 나도 마음을 볼 수도 없고 만져지지도 않는데 어떻게 형용할 수 없이 아픈 마음이 있다.

내 마음은 어떻게 생겼을까?

눈으로 사물을 보고 귀로 온갖 소리를 들으며 코와 혀로 냄새와 맛을 알고 또한 이 몸은 촉감을 느끼는 것을 오관이라 하여 오관이 작용할 때마다 의식이 일어나서 마음이 생긴다. 마음은 바로 생각을 하게 한다. 생각하게 하는 마음이 내 마음이다.

그래서 "내 마음 나도 몰라"라고 표현할 때도 있다. 내 생각이 언제 어떻게 변할지 모르기 때문이다. 변하는 마음을 환상(幻想)이라 한다. 마치 마술사가 마술을 부리듯 실상이 없다.

실상 없는 환상의 세계를 살고 있는 것이 우리 인간의 삶이다.

"경" 꽃꽂이 사범 50人集에서

　마음을 '천심(天心)이다, 지심(地心)이다, 인심(人心)이다' 라고들 한
다. 그래서 마음 심(心)자를 하늘과 땅 그리고 사람이 하나라 하여
일자(一字)에 점 셋을 찍은 상형문자가 나온 것이리라.

　하늘이 분노한 것을 두렵게 생각하여 천심(天心)이 나를 버렸다 하
여 인간이 자포자기 하고 천길 나락(奈落)으로 떨어진다. 하늘을 인
격화 하여 하늘과 자신을 대비시켜 생각하는 어리석음이다.

　모든 원인은 나로부터 있다. 하늘이나 허공은 구름이 쉬어가고

구름 한 점 없이 떠나간들 하늘 탓이 아니다. 구름이 바람 때문에 날려 다니기 때문이다.

인간이 물욕과 무질서한 색욕 때문에 권력과 명예욕에 얽매여 방탕한 생활 속에 스스로 무덤을 파고 그 무덤 속에 들어감을 깨닫지 못하고 천심이 나를 버렸다고 한탄하지 않는가?

그러한 오욕락(五慾樂)에 빠진 인간이 땅을 보호하고 가꾸지 않고 지심(地心)이 우리를 돌보지 않는다 하기도 하고 만백성이 자신을 버려 인심이 떠났다고 원망도 한다. 결코 내 마음이 아픈 것은 내 탓이요, 원인이 자신으로부터 있음을 깨달아야 한다. 마음이 아픈 것을 보려고 하지도 말고 원인을 찾으면 치유가 되리라.

내 마음이 즐거운가? 인간은 즐겁고 행복하게 살고 싶은 욕망을 추구하는 것이다.

행복이 저 산 너머 있다기에 피땀으로 달려가지만 잠시 쉬었다가 자신을 점검해 보고 다시 한 번 신발 끈을 단단히 매고 떠나야 할 것이다. 마음이 고요해지면 파도가 자고 물결이 쉬고 바다가 고요하듯 마음이 맑아야 평정심을 얻고 밝은 지혜가 솟아날 것이다.

그래서 어느 큰 스님께서 나에게 평등심(平等心)이란 불명(佛名)을 주셨고 평생 동안의 화두를 주신 것이라 믿으며 소중히 간직하고 평등심으로 살아가길 노력한다. 하지만 다겁생래(多怯生來) 무명업장에 가리어 분별망상 속에서 헤어나지 못하는 이 마음 얼마나 울어야 하고 얼마나 닦아야 평등심을 찾으리.

제13회 한국불교문학 작가상 심사평

우리가 문학에 뜻을 두고 이에 매진하는 것은 문학의 본질을 이해하기 때문일 것이다. 문학의 진정한 힘은 "진리에 대한 깊은 공감(deep sympathy with truth)"이라 했다.

이보연 작가의 〈흙 속의 보금자리〉를 금년도(2010) 한국불교문학 작가상 수상작으로 선정하였다.

작가의 장점은 조용히 기다릴 줄 아는 것이다.

혹자들은 문학에 대한 성급한 성취욕에 자칫 문학의 성역을 허영의 장으로 만들어 버리는 우를 범하기 쉬운데 이보연 작가는 결코 그렇지 않고 차분하게 작품활동을 하면서 조급하게 굴지 않고 인생의 멋을 아는 시점에 농익은 생활을 통해 문학을 관조하며 삶의 진리를 찾는 독창성이 있어서 참으로 좋았다.

흙냄새가 좋아 한평생 단독주택만 고집하며 희생과 봉사를 생활신조로 살고 있는 그의 텃밭은 도심 속의 고도처럼 아늑한 시골의 정경이 옛 이야기처럼 펼쳐지고 있다. 마치 밀레의 〈만종〉을 연상케 하는 고장, 따사로운 수채화 같은 바르비종 마을을 보는 듯한 느낌의 작품이었다.

제13회 한국불교문학 작가상을 수상하고(좌) 수상소감을 밝히는(우) 이보연 작가

중후한 인성과 창의성을 함양하기 위하여 차분하게, "급속도로 변화하는 도심의 환경을 묘사한 새소리의 울음을 두고 아름답고 청량한 무언의 산(山)소리와 향기는 어제가 옛날" 이라는 표현에서 잘 다듬어진 인품을 엿볼 수 있었다.

수필은 붓 가는 대로 쓰는 쉬운 장르로 생각하면 잘못이다.

수필 장르를 처음 창시한 '미셀 몽테뉴' 의 작품을 깊이 있게 공부하고 문학의 전범으로 삼으면서 한편 한국의 유명한 수필가의 작품도 같이 탐독하면서 다듬고 정진하면 규범 있는 작가의 반열에 오를 것을 믿어 의심치 않는다.

2010년 4월 24일

한국불교문학 편집위원장 **장 봉 호**

못 다 갚은 딸의 빚

•

지은이 / 이보연
발행인 / 김재엽
펴낸곳 / 한누리미디어
디자인 / 지선숙

•

121-840, 서울시 마포구 잔다리로 35(서교동 395-13) 서원빌딩 2층
전화 / (02)379-4514, 379-4519
Fax / (02)379-4516
E-mail/hannury2003@hanmail.net

•

신고번호 / 제300-2006-61호
등록일 / 1993. 11. 4

•

초판발행일 / 2013년 11월 13일

•

ⓒ 2013 이보연 Printed in KOREA

•

값 10,000원

•

※저자와 협의하여 인지는 생략합니다.
※잘못된 책은 바꿔드립니다.

•

ISBN 978-89-7969-462-8 03810